El Club de los Suicidas

Por

Robert Louis Stevenson

1. Historia del joven de las tartas de crema

Durante su residencia en Londres, el eminente príncipe Florizel de Bohemia se ganó el afecto de todas las clases sociales por la seducción de sus maneras y por una generosidad bien entendida. Era un hombre notable, por lo que se conocía de él, que no era en verdad sino una pequeña parte de lo que verdaderamente hizo. Aunque de temperamento sosegado en circunstancias normales, y habituado a tomarse la vida con tanta filosofía como un campesino, el príncipe de Bohemia no carecía de afición por maneras de vida más aventuradas y excéntricas que aquélla a la que por nacimiento estaba destinado. En ocasiones, cuando estaba de ánimo bajo, cuando no había en los teatros de Londres ninguna comedia divertida o cuando las estaciones del año hacían impracticables los deportes en que vencía a todos sus competidores, mandaba llamar a su confidente y jefe de caballerías, el coronel Geraldine, y le ordenaba prepararse para una excursión nocturna. El jefe de caballerías era un oficial joven, de talante osado y hasta temerario, que recibía la orden con gusto y se apresuraba a prepararse. Una larga práctica y una variada experiencia en la vida le habían dado singular facilidad para disfrazarse; no sólo adaptaba su rostro y sus modales a los de personas de cualquier rango, carácter o país, sino hasta la voz e incluso sus mismos pensamientos, y de este modo desviaba la atención de la persona del príncipe y, a veces, conseguía la admisión de los dos en ambientes y sociedades extrañas. Las autoridades nunca habían tenido conocimiento de estas secretas aventuras; la inalterable audacia del uno y la rápida inventiva y devoción caballeresca del otro los habían salvado de no pocos trances peligrosos, y su confianza creció con el paso del tiempo.

Una tarde de marzo, una lluvia de aguanieve los obligó a cobijarse en una taberna donde se comían ostras, en las inmediaciones de Leicester Square. El coronel Geraldine iba ataviado y caracterizado como un periodista en circunstancias apuradas, mientras que el príncipe, como era su costumbre, había transformado su aspecto por medio de unos bigotes falsos y unas gruesas cejas postizas. Estos adminículos le conferían un aire rudo y curtido, que era el mejor disfraz para una persona de su distinción. De este modo preparados, el jefe y su satélite sorbían su brandy con soda en absoluta seguridad.

La taberna estaba llena de clientes, tanto hombres como mujeres, y aunque más de uno quiso entablar conversación con nuestros aventureros, ninguno de los que lo intentaron prometía resultar interesante en caso de conocerlo mejor. No había nada más que los normales bajos fondos de Londres y algunos bohemios de costumbre. El príncipe había comenzado a bostezar y empezaba a sentirse aburrido de la excursión, cuando los batientes de la puerta se abrieron con violencia y entró en el bar un hombre joven seguido de dos servidores. Cada uno de los criados transportaba una gran bandeja con tartas de crema debajo de una tapadera, que en seguida apartaron para dejarlas a la vista; entonces el hombre joven dio la vuelta por toda la taberna ofreciendo las tartas a todos los presentes con manifestaciones de exagerada cortesía. Unas veces le aceptaron su oferta entre risas, otras se la rechazaron con firmeza y, algunas, hasta con rudeza. En estos casos el recién llegado se comía siempre él la tarta, entre algún comentario más o menos humorístico. Por último, se aproximó al príncipe Florizel.

—Señor —le dijo, haciendo una profunda reverencia, mientras adelantaba la tarta hacia él sosteniéndola entre el pulgar y el índice—, ¿querría usted hacerle este honor a un completo desconocido? Puedo garantizarle la calidad de esta pastelería, pues me he comido veintisiete de estas tartas desde las cinco de la tarde.

—Tengo la costumbre —replicó el príncipe— de no reparar tanto en la naturaleza del presente, como en la intención de quien me lo ofrece.

—La intención, señor —devolvió el hombre joven con otra reverencia—, es de burla.

—¿Burla? —repuso el príncipe—. ¿Y de quién se propone usted burlarse?

—No estoy aquí para exponer mi filosofía —contestó el joven— sino para repartir estas tartas de crema. Si le aseguro que me incluyo sinceramente en el ridículo de esta situación, espero que considere usted satisfecho su honor y condescienda a aceptar mi ofrecimiento. Si no, me obligará usted a comerme el pastel número veintiocho, y le confieso que empiezo a sentirme harto del ejercicio.

—Me ha convencido usted —aceptó el príncipe— y deseo, con la mejor voluntad del mundo, rescatarlo de su problema, pero con una condición. Si mi amigo y yo comemos sus tartas (que no nos apetecen en absoluto), esperamos que en compensación acepte usted unirse a nosotros para cenar.

El joven pareció reflexionar.

—Todavía me quedan unas docenas en la mano —dijo, al fin— y tendré que visitar a la fuerza varias tabernas más para concluir mi gran empresa, en lo cual tardaré un tiempo. Si tienen ustedes mucho apetito…

El príncipe le interrumpió con un cortés ademán.

—Mi amigo y yo le acompañaremos —repuso— pues tenemos un profundo interés por su extraordinariamente agradable manera de pasar la tarde. Y ahora que ya se han sentado los preliminares de la paz, permítame que firme el tratado por los dos.

Y el príncipe engulló la tarta con la mayor gracia imaginable.

—Está deliciosa —dijo.

—Veo que es usted un experto —replicó el joven.

El coronel Geraldine hizo el honor al pastel del mismo modo, y como todos los presentes en la taberna habían ya aceptado o rechazado la pastelería, el joven encaminó sus pasos hacia otro establecimiento similar. Los dos servidores, que parecían sumamente acostumbrados a su absurdo trabajo, le siguieron inmediatamente, y el príncipe y el coronel, cogidos del brazo y sonriéndose entre sí, se unieron a la retaguardia. En este orden, el grupo visitó dos tabernas más, donde se sucedieron escenas de la misma naturaleza de la descrita: algunos rechazaban y otros aceptaban los favores de aquella vagabunda hospitalidad, y el hombre joven se comía las tartas que le eran rechazadas.

Al salir del tercer bar, el joven hizo el recuento de sus existencias. Sólo quedaban nueve tartas, tres en una bandeja y seis en la otra.

—Caballeros —dijo, dirigiéndose a sus dos nuevos seguidores—, no deseo retrasar su cena. Estoy completamente seguro de que tienen ya hambre y siento que les debo una consideración especial. Y en este gran día para mí, en que estoy cerrando una carrera de locura con mi acción más claramente absurda, deseo comportarme lo más correctamente posible con todos aquellos que me ofrezcan su ayuda. Caballeros, no tendrán que aguardar más. Aunque mi constitución esta quebrantada por excesos anteriores, con riesgo de mi vida liquidaré la condición pendiente.

Con estas palabras, se embutió los siete pasteles restantes en la boca y los engulló uno a uno. Después se volvió a los servidores y les dio un par de soberanos.

—Tengo que agradecerles su extraordinaria paciencia —dijo.

Y les despidió con una inclinación. Durante unos segundos, miró el billetero del que acababa de pagar a sus criados, lo lanzó con una carcajada al medio de la calle y manifestó su disponibilidad para ir a cenar.

Se dirigieron a un pequeño restaurante francés, del Soho, que durante algún tiempo había disfrutado de una notoria fama y ahora había empezado a caer en el olvido. Allí los tres compañeros subieron dos tramos de escaleras y se acomodaron en un comedor privado. Cenaron exquisitamente y bebieron tres o cuatro botellas de champán, mientras hablaban de temas intrascendentes. El joven era alegre y buen conversador, aunque reía mucho más alto de lo que era natural en una persona de buena educación; le temblaban violentamente las manos y su voz tomaba matices repentinos y sorprendentes, que parecían escapar a su voluntad. Ya habían dado cuenta de los postres y habían encendido los tres hombres sus puros, cuando el príncipe se dirigió a él en los siguientes términos:

—Estoy seguro de que me perdonará mi curiosidad. Me agrada mucho lo que he visto de usted, pero me intriga más. Y aunque no deseo en absoluto ser indiscreto, debo decirle que mi amigo y yo somos personas muy preparadas para que se nos confíen secretos. Tenemos muchos secretos nuestros, que continuamente revelamos a oídos indiscretos. Y si, como supongo, su historia es una locura, no precisa usted andarse con rodeos pues se encuentra delante de los dos hombres más insensatos de Inglaterra. Mi nombre es Godall, Theophilus Godall, y mi amigo es el mayor Alfred Hammersmith o, al menos, ése es el nombre con el que ha elegido que se le conozca. Dedicamos nuestras vidas a la búsqueda de aventuras extravagantes, y no hay extravagancia alguna que no sea capaz de despertarnos simpatía.

—Me agrada usted, señor Godall —le contestó el joven—, me inspira usted una natural confianza; y tampoco tengo la más mínima objeción respecto a su amigo el mayor, a quien creo un noble disfrazado. Cuando menos, estoy seguro de que no es militar.

El coronel sonrió a aquel halago a la perfección de su arte y el joven continuó hablando con más animación:

—Existen todas las razones posibles para que yo no les cuente mi historia. Quizá sea ésa exactamente la razón por la que se la voy a contar. Parecen ustedes realmente tan bien preparados para escuchar un cuento descabellado que no tengo valor para decepcionarlos. Me reservaré mi nombre, a pesar de su ejemplo. Mi edad no es esencial para la narración. Desciendo de mis antepasados por generaciones normales y de ellos heredé un muy aceptable alojamiento, que todavía ocupo, y una renta de trescientas libras al año. Creo que también me dejaron un carácter atolondrado, al que he cedido siempre con indulgencia. Recibí una buena educación. Toco el violín, casi lo bastante bien como para ganarme la vida en la orquesta de algún teatrillo de variedades, pero no mucho más. Lo mismo se puede aplicar a la flauta y a la trompa de llaves. Aprendí lo bastante de whist como para perder cien libras al año en ese científico juego. Mi dominio del francés era suficiente para permitirme derrochar el dinero en París casi tan fácilmente como en Londres. Resumiendo, soy alguien auténticamente dotado de cualidades masculinas. He tenido todo tipo de aventuras, incluyendo un duelo sin ningún motivo. Hace sólo dos meses, conocí a una joven exactamente conforme a mis gustos en cuerpo y en alma. Sentí que se me deshacía el corazón. Comprendí que me había llegado mi destino y que iba a enamorarme. Pero cuando fui a calcular lo que me quedaba de mi capital, encontré que ascendía a algo menos de ¡cuatrocientas libras! Yo les pregunto, sinceramente, ¿puede un hombre que se respete a sí mismo enamorarse con cuatrocientas libras? Me respondo: ciertamente, no. Abandoné el contacto con mi hechicera y, acelerando ligeramente el ritmo normal de mis gastos, llegué esta mañana a mis últimas ochenta libras. Las dividí en dos partes iguales: reservé cuarenta para un propósito concreto y dejé las restantes cuarenta para gastarlas antes de la noche. He pasado un día muy entretenido y he hecho muchas bromas además de la de las tartas de crema que me ha procurado el placer de conocerles; porque estaba decidido, como les he contado, a llevar una vida de loco a un final todavía más loco; y, cuando me han visto ustedes lanzar mi cartera a la calle, las últimas cuarenta libras se habían acabado. Ahora me conocen ustedes tan bien como me conozco yo mismo: un loco, pero coherente con su locura, y, como les pido que crean, no un quejica ni un cobarde.

Del tono de toda la exposición del joven se desprendía con certeza que albergaba una despreciativa y amarga opinión sobre sí mismo. Sus oyentes dedujeron que su asunto amoroso estaba más presente en su corazón de lo que él admitía y que tenía el propósito de quitarse la vida. La farsa de las tartas de crema empezaba a adquirir el aire de una tragedia disimulada.

—¿No es extraño —empezó Geraldine, lanzando una mirada al príncipe Florizel— que tres compañeros se hayan encontrado por el más puro accidente en este desierto enorme que es Londres, y que se encuentren prácticamente en la misma situación?

—¡Cómo! —exclamó el joven—. ¿También están ustedes arruinados? ¿Es esta cena una locura como mis tartas de crema? ¿Ha congregado el demonio a tres de los suyos para un último festejo?

—El demonio, depende en qué ocasiones, puede comportarse en verdad como un caballero —repuso el príncipe Florizel—. Me siento tan impresionado por esta coincidencia, que, puesto que no nos encontramos exactamente en el mismo caso, voy a acabar con esta diferencia. Que sea mi ejemplo su heroico comportamiento con las últimas tartas de crema.

Y, diciendo esto, el príncipe sacó su billetero y extrajo de él un pequeño manojo de billetes.

—Vea, me encontraba una semana aproximadamente detrás de usted, pero deseo alcanzarle para llegar codo con codo a la meta. Esto —prosiguió, depositando uno de los billetes sobre la mesa— alcanzará para la cuenta. Y el resto…

Lanzó los billetes a la chimenea, y desaparecieron en el fuego en una llamarada.

El joven intentó detener su brazo, pero los separaba la mesa y su gesto llegó demasiado tarde.

—¡Desgraciado! —gritó—. ¡No debía haberlo quemado todo! ¡Debía haber guardado cuarenta libras!

—¡Cuarenta libras! —repitió el príncipe—. ¿Por qué cuarenta libras, en nombre del cielo?

—¿Por qué no ochenta? —inquirió el coronel—. Estoy seguro de que debía haber cien libras en esos billetes.

—Sólo necesitaba cuarenta libras —contestó el joven con tristeza—. Sin ellas no hay admisión posible. La regla es estricta. Cuarenta libras cada uno. ¡Desgraciada vida, en la que no se puede ni morir sin dinero!

El príncipe y el coronel intercambiaron una mirada.

—Explíquese —dijo el último—. Tengo todavía una cartera bien provista y no necesito decir cuán dispuesto estoy a compartir mi riqueza con Godall. Pero debo conocer para qué fin; es preciso que nos explique usted a qué se refiere.

El joven pareció despertar. Miró con inquietud a uno y otro, y su rostro enrojeció.

—¿No se burlan ustedes de mí? —preguntó—. ¿Verdaderamente se encuentran tan arruinados como yo?

—Por mi parte, sí —respondió el coronel.

—También por la mía —aseveró el príncipe—. Le he dado a usted una prueba. ¿Quién, sino un hombre arruinado, tira sus billetes al fuego? La acción habla por sí misma.

—Un hombre arruinado…, sí —repuso el otro con sospecha—, o también un millonario.

—Basta, señor —dijo el príncipe—. He dicho algo y no estoy acostumbrado a que se ponga mi palabra en duda.

—¿Arruinados? —volvió a decir el joven—. ¿Arruinados como yo? ¿Han llegado, tras una vida de molicie, al punto en que sólo pueden concederse un último deseo? ¿Van ustedes…? —Bajó la voz y continuó— ¿Van ustedes a darse ese deseo? ¿Quieren evitar las consecuencias de su locura por el único camino, fácil e infalible? ¿Huirán del juicio de la conciencia por la única puerta que queda abierta?

—¡Aquí, a su salud! —gritó, levantando la copa y bebiendo—. ¡Y buenas noches, mis queridos amigos arruinados!

El coronel Geraldine le agarró del brazo cuando estaba a punto de levantarse.

—No confía usted en nosotros —dijo— y se equivoca. Yo contesto afirmativamente a todas sus preguntas. Pero no soy tan tímido y puedo hablar llanamente en el inglés de la reina. También nosotros, como usted, estamos hartos de la vida y hemos decidido morir. Más tarde o más temprano, solos o juntos, queremos ir en busca de la muerte y desafiarla donde se encuentre. Puesto que le hemos encontrado a usted, y su caso es más urgente, que sea esta noche —y en seguida— y, si lo desea, los tres juntos. Este trío sin un penique —gritó— ¡debe ir del brazo a los umbrales de Plutón, y darse unos a otros apoyo entre las sombras!

Geraldine había acertado exactamente en el tono y los modales que correspondían a la parte que representaba. El mismo príncipe se inquietó y miró a su confidente con una sombra de duda. En cuanto al joven, el rubor le adoró a las mejillas y sus ojos destellaron con una brillante luz.

—¡Ustedes son los hombres que buscaba! —gritó, con extraordinaria alegría—. ¡Choquemos los cinco! —Tenía la mano fría y húmeda—. ¡No saben bien en qué compañía inician el camino! ¡No saben bien en qué feliz momento para ustedes comieron mis tartas de crema! Soy sólo un soldado, pero formo parte de un ejército. Conozco la puerta secreta de la Muerte. Soy uno de sus familiares y puedo mostrarles la eternidad sin ceremonias y sin escándalos.

Los otros le requirieron que se explicase.

—¿Pueden ustedes reunir ochenta libras entre los dos? —les preguntó él.

Geraldine consultó su billetero con ostentación y respondió afirmativamente.

—¡Afortunados seres! —exclamó el joven—. Cuarenta libras es el precio de la entrada en el Club de los Suicidas.

—¿El Club de los Suicidas? —inquirió el príncipe—. ¿Qué demonios es eso?

—Escuchen —dijo el joven—. Ésta es la época de los servicios y tengo que hablarles de lo más perfecto que hay al respecto. Tenemos intereses en distintos sitios y, por este motivo, se inventaron los trenes. Los trenes nos separan, inevitablemente, de nuestros amigos, y por ello se inventaron los telégrafos para que pudiéramos comunicarnos rápidamente a grandes distancias. Incluso en los hoteles tenemos ahora ascensores para ahorrarnos la subida de unos cientos de escaleras. Ahora bien, sabemos que la vida es sólo un escenario para hacer el loco hasta tanto el papel nos divierta. Había un servicio más que faltaba a la comodidad moderna: una manera decente, fácil, de abandonar el escenario; las escaleras traseras a la libertad; o, como he dicho hace un momento, la puerta secreta de la Muerte. Esto, mis dos rebeldes compañeros, es lo que proporciona el Club de los Suicidas. No supongan que estamos solos, ni que somos excepcionales, en el muy razonable deseo que experimentamos. A un gran número de semejantes nuestros, que se han cansado profundamente del papel que se esperaba que representaran, diariamente y a lo largo de toda su vida se abstienen de la huida final por una o dos consideraciones. Algunos tienen familias, que se avergonzarían, y hasta se sentirían culpadas, si el asunto se hiciera público; a otros les falta valor y retroceden ante las circunstancias de la muerte. Hasta cierto punto, ése es mi caso. No puedo ponerme una pistola en la cabeza y apretar el gatillo. Algo más fuerte que yo mismo impide la acción; y, aunque detesto la vida, no tengo fuerza material suficiente para abrazar la muerte y acabar con todo. Para la gente como yo, y para todos los que desean salir de la espiral sin escándalo póstumo, se ha inaugurado el Club de los Suicidas. No estoy informado de cómo se ha organizado, cuál es su historia, ni qué ramificaciones puede tener en otros países; y de lo que sé sobre sus estatutos, no me hallo en libertad de comunicárselo. Sin embargo, puedo ponerme a su servicio. Si de verdad están cansados de la vida, les presentaré esta noche en una reunión; y si no es esta noche, cuando menos en una semana serán ustedes liberados de su existencia con facilidad. Ahora son —consultó su reloj— las once; a las once y media, a más tardar debemos salir de aquí, de manera que tienen ustedes media hora para considerar mi propuesta. Es algo más serio que una tarta de crema —añadió, con una sonrisa—, y sospecho que más apetitoso.

—Más serio, sin duda —repuso el coronel Geraldine—, y como lo es mucho más, le pido que me permita hablar cinco minutos en privado con mi amigo el señor Godall.

—Nada más justo —respondió el joven—. Si me lo permiten, me retiraré.

—Es usted muy amable —dijo el coronel.

—¿Para qué desea esta confabulación, Geraldine? —inquirió el príncipe no bien quedaron solos—. Le veo a usted muy agitado mientras que yo ya me he decidido tranquilamente. Quiero ver el final de todo esto.

—Su Alteza —dijo el coronel, palideciendo—, permítame pedirle que considere la importancia de su vida; no sólo para sus amigos sino para el interés público. Este loco ha dicho: «Si no es esta noche»; pero suponga que esta noche se abatiese sobre su Altísima persona un desastre irreparable, que, permítame decírselo, sería mi desesperación. Imagine el dolor y el perjuicio de un gran país.

—Quiero ver el final de esto —repitió el príncipe en su tono más firme—, y tenga la amabilidad, coronel Geraldine, de recordar y respetar el honor de su palabra de caballero. Bajo ninguna circunstancia, le recuerdo, ni sin mi especial autorización, debe usted traicionar el incógnito que he elegido adoptar. Éstas fueron mis órdenes, que ahora le reitero. Y ahora —acabó—, le ruego que pida la cuenta.

El coronel Geraldine se inclinó en un gesto de acatamiento, pero su rostro estaba muy pálido cuando llamó al joven de las tartas de crema y dio las instrucciones al camarero del restaurante. El príncipe mantenía su apariencia imperturbable y describió al joven suicida una comedia que había visto en el Palais Royal con buen humor y con entusiasmo. Evitó con diplomacia las miradas suplicantes del coronel y eligió otro puro con más cuidado del habitual. Verdaderamente, era el único de los tres que guardaba la serenidad.

Pagaron la cuenta del restaurante, el príncipe dejó todo el cambio al sorprendido camarero y partieron tras tomar un coche de alquiler. No estaban lejos y no tardaron en apearse en la entrada de una callejuela oscura.

Geraldine pagó al cochero y el joven se volvió al príncipe Florizel y le dijo:

—Todavía está usted a tiempo de escapar y retornar a la esclavitud, señor Godall. Y lo mismo usted, mayor Hammersmith. Mediten antes de seguir avanzando, y si su corazón se niega, están en el momento de decidir.

—Muéstrenos el camino, señor —pidió el príncipe—. No soy hombre que incumpla sus palabras.

—Su serenidad me tranquiliza —contestó el guía—. No he visto nunca a nadie tan seguro en este trance, y no es usted la primera persona que acompaño aquí. Más de un amigo mío se me ha adelantado al lugar adonde no voy a tardar en seguirlos. Pero esto no es de su interés. Aguárdenme aquí sólo unos momentos. Volveré en cuanto haya arreglado las cosas para su presentación.

Y, con estas palabras, el joven saludó con la mano a sus compañeros, se dio la vuelta, abrió una puerta y desapareció tras ella.

—De todas nuestras locuras —dijo el coronel Geraldine en voz baja—, ésta es la más salvaje y la más peligrosa.

—Estoy completamente de acuerdo —asintió el príncipe.

—Todavía tenemos un momento para nosotros —prosiguió el coronel—. Déjeme insistir a su Alteza en que aprovechemos esta oportunidad y nos retiremos. Las consecuencias de este paso son tan oscuras y puede, también, que tan graves, que me siento justificado para traspasar un poco la habitual confianza que su Alteza condesciende a permitirme en privado.

—¿Debo entender que el coronel Geraldine está atemorizado? —inquirió su Alteza, quitándose el puro de la boca y mirando penetrantemente el rostro de su amigo.

—Ciertamente, mi temor no es personal —aseguró el coronel, con orgullo —. Es el de que su Alteza esté seguro.

—Lo había supuesto así —repuso el príncipe, con su imperturbable buen humor—, pero no deseo recordarle la diferencia de nuestras posiciones. Basta… basta —añadió, viendo que Geraldine iba a disculparse—. Está usted excusado.

Y continuó fumando plácidamente, apoyado contra una verja, hasta que volvió el joven.

—Bien —preguntó—, ¿se ha solucionado ya nuestro recibimiento?

—Síganme —fue la respuesta—. El presidente los recibirá en su despacho. Y déjenme advertirles que deben ser francos en sus respuestas. Yo los he avalado, pero el club exige efectuar una investigación completa antes de proceder a una admisión, pues la indiscreción de uno solo de los miembros significaría la disolución de la sociedad para siempre.

El príncipe y Geraldine se inclinaron para hablar entre ellos un momento. «Respáldeme en esto», dijo uno. «Respáldeme usted en esto», pidió el otro. Y como ambos representaban con audacia el papel de gentes que conocían, se pusieron de acuerdo en seguida y pronto estuvieron dispuestos a seguir a su guía hasta el despacho del presidente.

No había grandes obstáculos que traspasar. La puerta de la calle estaba abierta y la del despacho, entreabierta. Entraron en un salón pequeño, pero muy alto, y el joven volvió a dejarlos solos.

—Estará aquí inmediatamente —dijo, con un movimiento de cabeza, mientras se marchaba. Por unas puertas plegables que había en un extremo del salón, les llegaron claramente unas voces desde el despacho. De vez en cuando, el ruido del descorchar de una botella de champán, seguido de un estallido de grandes risas, se introducía entre los murmullos de la conversación. Una pequeña y única ventana se asomaba sobre el río y los muelles y, por la disposición de las luces que veían, juzgaron que no se encontraban lejos de la estación de Charing Cross. Había pocos muebles y estaban forrados con telas muy desgastadas, y no había nada que pudiera moverse, a excepción de una campanilla de plata que estaba en el centro de una mesa redonda y de muchos abrigos y sombreros que colgaban de unos ganchos dispuestos en las paredes.

—¿Qué clase de guarida es ésta? —preguntó el coronel Geraldine.

—Eso es lo que hemos venido a averiguar —repuso el príncipe—. Si esconden demonios de verdad, la cosa puede hacerse muy divertida.

Justo en ese momento, la puerta plegable se entreabrió, sólo lo imprescindible para dar paso a una persona, y, entre el rumor más audible de las conversaciones, entró en el despacho el temible presidente del Club de los Suicidas. El presidente era un hombre de unos cincuenta años pasados; alto y expansivo en sus andares, con unas grandes patillas y una calva en la coronilla, y con unos ojos grises y velados, que, sin embargo, destellaban de tanto en tanto. Fumaba un gran puro, mientras movía continuamente la boca arriba y abajo y de un lado a otro, y observó a los recién llegados con mirada fría y sagaz. Llevaba un traje claro de tweed, una camisa a rayas con el cuello abierto, y, debajo del brazo, un libro de actas.

—Buenas noches —dijo, después de cerrar la puerta a sus espaldas—. Me han dicho que desean ustedes hablar conmigo.

—Estamos interesados, señor, en ingresar en el Club de los Suicidas —dijo el coronel Geraldine.

El presidente dio unas vueltas al puro que llevaba en la boca.

—¿Qué es eso? —preguntó, bruscamente.

—Discúlpeme —repuso el coronel—. Pero creo que usted es la persona más cualificada para darnos información sobre esto.

—¿Yo? —exclamó el presidente—. ¿Un Club de Suicidas? Vamos, vamos, eso es una broma del día de los Inocentes. Puedo disculpar que un caballero se achispe un poco pasándose con el licor, pero acabe ya con esto.

—Llame a su Club como usted quiera —insistió el coronel—. Tras esa puerta hay algunos compañeros con usted, y deseamos unirnos a ellos.

—Señor —replicó el presidente secamente—, está usted en un error. Esto es una casa particular y debe usted abandonarla inmediatamente.

El príncipe había permanecido en silencio en su asiento durante esta breve conversación, pero cuando el coronel volvió la vista hacia él, como diciéndole: «Ahí tiene su respuesta, vámonos, ¡por el amor de Dios!», se quitó de la boca el habano que fumaba y empezó a hablar.

—Hemos venido aquí —dijo— invitados por uno de sus amigos, que, sin duda, le ha informado de las intenciones con que me presento en su reunión. Permítame recordarle que una persona en mis circunstancias tiene poco ya por lo que contenerse y es muy probable que no tolere en absoluto la mala educación. Habitualmente soy un hombre tranquilo, pero, señor mío, creo que va usted a complacerme en el asunto del que sabe que hablamos o se arrepentirá amargamente de habernos admitido en su antecámara.

El presidente se echó a reír con ganas.

—Ésa es la manera de hablar. Es usted un hombre de verdad. Ha sabido agradarme y podrá hacer conmigo lo que quiera. ¿Le importaría —prosiguió, dirigiéndose a Geraldine—, le importaría aguardar fuera unos minutos? Trataré el asunto primero con su compañero y algunas formalidades del club han de determinarse en privado.

Mientras hablaba, abrió la puerta de un pequeño cuarto contiguo en el que introdujo al coronel.

—Usted me inspira confianza —se dirigió a Florizel, no bien quedaron solos—, pero ¿está usted seguro de su amigo?

—No tanto como de mí mismo, aunque tiene razones de más peso que yo —respondió Florizel—, pero sí lo bastante seguro como para traerlo aquí sin preocupación. Le han ocurrido cosas suficientes para apartar de la vida al hombre más tenaz. El otro día le dieron de baja por hacer trampas en el juego.

—Una buena razón, sí, diría yo —asintió el presidente—. Cuando menos, uno de nuestros socios se halla en el mismo caso y respondo de él. ¿Me permite preguntarle si también usted ha servido en el ejército?

—Lo hice —fue la respuesta—, pero era demasiado vago y lo dejé pronto.

—¿Qué motivos tiene para haberse cansado de la vida? —prosiguió el presidente.

—La misma, en lo que puedo distinguir —contestó el príncipe—: Una holgazanería irredimible.

El presidente dio un respingo.

—¡Caramba! Debe usted tener un motivo mejor.

—Estoy arruinado —añadió Florizel—. Lo cual, sin duda, es también una vejación, que contribuye a llevar mi holgazanería a su punto máximo.

El presidente dio vueltas al puro en la boca durante unos instantes, clavando sus ojos en los de aquel extraño neófito, pero el príncipe soportó su examen con absoluta imperturbabilidad.

—Si no tuviera la gran experiencia que tengo —dijo por último el presidente—, no le aceptaría. Pero conozco el mundo; y he aprendido que las razones más frívolas para un suicidio acostumbran a ser las firmes. Y cuando alguien me resulta simpático, como usted, señor, prefiero saltarme los reglamentos que rechazarla.

Uno tras otro, el príncipe y el coronel fueron sometidos a un largo y particular interrogatorio: el príncipe, en privado, pero Geraldine en presencia del príncipe, de modo que el presidente pudiera observar el semblante de uno mientras interrogaba en profundidad al otro. El resultado fue satisfactorio, y el presidente, tras haber anotado en el registro algunos detalles particulares de cada caso, les presentó un formulario de juramento que debían aceptar. No podía concebirse nada más pasivo que la obediencia que se aseguraba ni términos más estrictos a los que se obligaba el juramentado. El hombre que traicionase una promesa tan terrible difícilmente encontraría el amparo del honor o los consuelos de la religión. Florizel firmó el documento, no sin un estremecimiento, y el coronel siguió su ejemplo con expresión muy deprimida. Entonces el presidente les cobró la cuota de ingreso y sin más dilación los introdujo en el salón de fumar del Club de los Suicidas.

El salón de fumar del Club de los Suicidas tenía la misma altura que el despacho con el que se comunicaba, pero era mucho más grande, y tenía las paredes cubiertas de arriba abajo por unos paneles que imitaban el roble. Un gran fuego que ardía en la chimenea y varias lámparas de gas iluminaban la reunión. El príncipe y su acompañante contaron dieciocho personas. La mayoría fumaban y bebían champán, y reinaba una enfebrecida hilaridad que de tanto en tanto interrumpían unas súbitas y fúnebres pausas.

—¿Es una reunión muy concurrida? —inquirió el príncipe.

—A medias —respondió el presidente—, por cierto, si tenéis algo de dinero, es costumbre invitar a champán. Contribuye a mantener alto el ánimo, y, además, es uno de los pocos beneficios de la casa.

—Hammersmith —indicó Florizel—, le encargo el champán a usted.

Se dio la vuelta y empezó a introducirse entre los presentes. Acostumbrado a hacer de anfitrión en los círculos más selectos, pronto sedujo y dominó a todos a quienes conocía; había algo a la vez cordial y autoritario en sus modales y su extraordinaria serenidad y sangre fría le conferían otro rasgo de distinción en aquel grupo semienloquecido. Mientras se dirigía de unos a otros, observaba y escuchaba con atención y pronto se hizo una idea general de la clase de gente entre la que se encontraba. Como en todas las reuniones, predominaba una clase de gente: eran hombres muy jóvenes, con aspecto de gran sensibilidad e inteligencia, pero con mínimas muestras de la fortaleza y las cualidades que conducen al éxito. Pocos eran mayores de treinta años y bastantes acababan de cumplir los veinte. Estaban de pie, apoyados en las mesas, y movían nerviosamente los pies; a veces fumaban con gran ansiedad y a veces dejaban consumirse los cigarros; algunos hablaban bien, pero otros conversaban sin sentido ni propósito, sólo por pura tensión nerviosa. Cuando se abría una nueva botella de champán, aumentaba otra vez la animación. Sólo dos hombres permanecían sentados. Uno, en una silla situada junto a la ventana, con la cabeza baja y las manos hundidas en los bolsillos del pantalón; pálido, visiblemente empapado en sudor, y en completo silencio, era la viva representación de la ruina más profunda de cuerpo y alma. El otro estaba sentado en un diván, cerca de la chimenea, y llamaba la atención por una marcada diferencia respecto a todos los demás. Probablemente se acercaría a los cuarenta años, pero parecía al menos diez años mayor. Florizel pensó que jamás había visto a un hombre de físico más horrendo ni más desfigurado por los estragos de la enfermedad y los vicios. No era más que piel y huesos, estaba parcialmente paralizado, y llevaba unos lentes tan gruesos que los ojos se veían tras ellos increíblemente enormes y deformados. Exceptuando al príncipe y al presidente, era la única persona de la reunión que conservaba la compostura de la vida normal.

Los miembros del club no parecían caracterizarse por la decencia. Algunos presumían de acciones deshonrosas, cuyas consecuencias les habían inducido a buscar refugio en la muerte, mientras el resto atendía sin ninguna desaprobación. Había un entendimiento tácito de rechazo de los juicios morales; y todo el que traspasaba las puertas del club disfrutaba ya de algunos de los privilegios de la tumba. Brindaban entre sí a la memoria de los otros y de los famosos suicidas del pasado. Explicaban y comparaban sus diferentes visiones de la muerte; algunos declaraban que no era más que oscuridad y cesación; otros albergaban la esperanza de que esa misma noche estarían escalando las estrellas y conversando con los muertos más ilustres.

—¡A la eterna memoria del barón Trenck, ejemplo de suicidas! —gritó uno —. Pasó de una celda pequeña a otra más pequeña, para poder alcanzar al fin la libertad.

—Por mi parte —dijo un segundo—, sólo deseo una venda para los ojos y algodón para los oídos. Sólo que no hay algodón lo bastante grueso en este mundo.

Un tercero quería averiguar los misterios de la vida futura y un cuarto aseguraba que nunca se hubiera unido al club si no le hubieran inducido a creer en Darwin.

—No puedo tolerar la idea de descender de un mono —afirmaba aquel curioso suicida.

El príncipe se sintió decepcionado por el comportamiento y las conversaciones de los miembros del club. «No me parece un asunto para tanto alboroto —pensó—. Si un hombre ha decidido matarse, déjenle hacerlo como un caballero, ¡por Dios! Tanta charlatanería y tanta alharaca están fuera de lugar».

Entre tanto, el coronel Geraldine era presa de los más oscuros temores; el club y sus reglas eran todavía un misterio, y miró por la habitación buscando a alguien que pudiera tranquilizarle. En este recorrido, sus ojos se posaron en el paralítico de los lentes gruesos y, al verlo tan sereno, buscó al presidente, que entraba y salía de la habitación cumpliendo sus tareas, para pedirle que le presentara al caballero sentado en el diván.

El presidente le explicó que tal formalidad era innecesaria entre los miembros del club, pero le presentó al señor Malthus.

El señor Malthus miró al coronel con curiosidad y le ofreció tomar asiento a su derecha.

—¿Es usted un miembro nuevo —dijo— y desea información? Ha venido a la fuente adecuada. Hace dos años que frecuento este club encantador.

El coronel recuperó la respiración. Si el señor Malthus frecuentaba el lugar desde hacía dos años, debía haber poco peligro para el príncipe en una sola noche. Pero Geraldine continuaba asombrado y empezó a pensar que todo aquello era un misterio.

—¿Cómo? —exclamó—. ¡Dos años! Yo creía… bueno, veo que me han gastado una broma.

—En absoluto —repuso con suavidad el señor Malthus—. Mi caso es peculiar. No soy un suicida, hablando con propiedad, sino algo así como un socio honorario. Raramente vengo al club más de un par de veces cada dos meses. Mi enfermedad y la amabilidad del presidente me han procurado estos pequeños privilegios por los que, además, pago una cantidad suplementaria. He tenido una suerte extraordinaria.

—Me temo —dijo el coronel—, que debo pedirle que sea más explícito. Recuerde que todavía no conozco muy bien las reglas del club.

—Un socio normal, que acude aquí en busca de la muerte como usted —explicó el paralítico—, viene cada noche hasta que la suerte le favorece. Incluso, si están arruinados, pueden solicitar alojamiento y comida al presidente: algo muy agradable y limpio, según creo, aunque, por supuesto, nada de lujos; sería difícil si consideramos lo exiguo (si puedo expresarme así) de la suscripción. Y además la compañía del presidente ya es en sí misma un regalo.

—¿De veras? —exclamó Geraldine—. Yo no he tenido esa impresión.

—¡Oh! No conoce usted al hombre —dijo el señor Malthus—, es el tipo más divertido. ¡Qué anécdotas! ¡Qué cinismo! Es admirable lo que sabe de la vida y, entre nosotros, es probablemente el pícaro más grande de la Cristiandad.

—¿Y también es permanente, como usted, si puedo preguntarlo sin ofenderle? —inquirió el coronel.

—Sí, es permanente es un sentido bastante diferente al mío —respondió el señor Malthus—. Yo he sido graciosamente apartado de momento, pero al final tendré que partir. Él no juega nunca. Baraja parte y reparte para el club, y se ocupa de solucionarlo todo. Este hombre, mi querido señor Hammersmith, es el verdadero espíritu del ingenio. Lleva tres años desarrollando en Londres su vocación, tan beneficiosa y, me atrevería a decir, incluso artística, y no se ha levantado el menor murmullo de sospecha. Personalmente, opino que es un hombre con inspiración. Sin duda recordará usted el célebre caso, ocurrido hace seis meses, del caballero que se envenenó accidentalmente en una farmacia, ¿verdad? Pues fue una de sus ideas menos ricas y menos osadas; ¡cuán sencillo y cuán seguro!

—Me deja usted atónito —dijo el coronel—. ¡Que ese desgraciado caballero fuera una de las... —estuvo a punto de decir «víctimas», pero se contuvo a tiempo—... los socios del club!

En el mismo pensamiento le vino a la mente, como un relámpago, que el señor Malthus no había hablado en absoluto con el tono del que está enamorado de la muerte, y añadió, apresuradamente:

—Pero sigo en la más completa oscuridad. Habla usted de barajar y repartir cartas, ¿con qué finalidad? Y usted me parece tan poco deseoso de morir como todo el mundo, por lo que le confieso que no imagino qué es lo que le trae a usted aquí.

—En verdad no comprende usted nada —replicó el señor Malthus, más animadamente—. Mi querido señor, este club es el templo de la embriaguez. Si mi delicada salud pudiera soportar esta excitación más a menudo, puede estar seguro de que vendría con más frecuencia. Debo recurrir al sentido del deber que me ha desarrollado la costumbre de la enfermedad y el régimen más estricto para evitar los excesos, y puedo decir que el club es mi último vicio. Los he probado todos, señor —continuó, poniendo la mano sobre el hombro de Geraldine—, todos sin excepción, y le aseguro, bajo mi palabra de honor, que no hay ni uno que no se haya sobreestimado grotesca y falsamente. La gente juega al amor. Pues bien, yo niego que el amor sea una profunda pasión. El miedo es la pasión profunda; es con el miedo con lo que debe usted jugar si desea saborear las alegrías más intensas de la vida. Envídieme, envídieme, señor —acabó con una risita—, ¡soy un cobarde!

Geraldine apenas pudo reprimir un movimiento de repulsión ante aquel deplorable individuo, pero se contuvo con un esfuerzo y prosiguió con sus preguntas:

—¿Y cómo, señor —inquirió—, se prolonga tanto tiempo esa excitación? ¿Dónde está el elemento de incertidumbre?

—Voy a contarle cómo se elige a la víctima de cada noche —repuso el señor Malthus—, y no sólo a la víctima, sino a otro miembro del club, que será el instrumento en manos del club y el sumo sacerdote de la muerte en esa ocasión.

—¡Santo Dios! —exclamó el coronel—. Entonces, ¿se matan unos a otros?

—Los problemas del suicidio se solucionan de este modo —asintió Malthus, con un movimiento de cabeza.

—¡Dios Misericordioso! —Casi oró el coronel—. ¿Y puede usted… puedo yo… puede… mi amigo… cualquiera de nosotros ser elegido esta noche como asesino del cuerpo y el alma inmortal de otro hombre? ¿Son posibles tales cosas en hombres nacidos de mujer? ¡Oh! ¡Infamia de infamias!

Estaba a punto de levantarse en su horror, cuando vio los ojos del príncipe. Le miraba fijamente desde el otro extremo de la habitación frunciendo el ceño y con aire de enfado. Geraldine recuperó su compostura en un momento.

—Después de todo —añadió—, ¿por qué no? Y puesto que usted dice que el juego es interesante, vogue la galére, ¡sigo al club!

El señor Malthus había disfrutado con el asombro y la indignación del coronel. Tenía la vanidad de los perversos y le gustaba ver cómo otro hombre se dejaba llevar por un impulso generoso mientras él, en su absoluta corrupción, se sentía por encima de tales emociones.

—Ahora —dijo—, tras su primer momento de sorpresa, está usted en situación de apreciar las delicias de nuestra sociedad. Ya ve cómo se combinan la excitación de la mesa de juego, el duelo y el anfiteatro romano. Los paganos lo hacían bastante bien; admiro sinceramente el refinamiento de su mente; pero se ha reservado a un país cristiano el alcanzar este extremo, esta quintaesencia, este absoluto de la intensidad. Ahora comprenderá qué insípidas resultan todas las diversiones para un hombre que se ha acostumbrado al sabor de ésta. El juego que practicamos —prosiguió— es de una extrema sencillez. Una baraja completa… Pero veo que va a usted a observar la cosa en directo. ¿Me prestaría usted su brazo? Por desgracia, estoy paralizado.

En efecto, justo cuando el señor Malthus iniciaba su descripción, se abrió otra puerta plegable y todos los miembros del club pasaron a la habitación contigua, no sin alguna precipitación. Era igual, en todos los aspectos, a la que acababan de dejar, aunque decorada de modo diferente. Ocupaba el centro una larga mesa verde, a la cual se hallaba sentado el presidente barajando un mazo de cartas con gran parsimonia. Aún con el bastón y del brazo del coronel, el señor Malthus caminaba con tanta dificultad que todo el mundo estaba ya sentado antes de que los dos hombres, y el príncipe, que los había esperado, entraran en la habitación. En consecuencia, los tres se sentaron juntos en el extremo último de la mesa.

—Es una baraja de cincuenta y dos cartas —susurró el señor Malthus—. Vigile el as de espadas, que es la carta de la muerte, y el as de bastos, que designa al oficial de la noche. ¡Ah, felices, felices jóvenes! —añadió—, tienen ustedes buena vista y pueden seguir el juego. ¡Ay! Yo no distingo un as de una dama al otro lado de la mesa.

Y procedió a equiparse con un segundo par de gafas.

—Al menos, he de ver las caras —explicó.

El coronel informó rápidamente a su amigo de todo lo que había aprendido de aquel miembro honorario y de la terrible alternativa que se les presentaba. El príncipe notó un escalofrío mortal y una punzada en el corazón. Tragó saliva con dificultad y miró en derredor como perplejo.

—Una jugada arriesgada —murmuró el coronel— y aún estamos a tiempo de escapar.

Pero la sugerencia hizo al príncipe recuperar el ánimo.

—Silencio —dijo—. Muéstreme que sabe usted jugar como un caballero cualquier apuesta, por seria y alta que sea.

Y miró a su alrededor, de nuevo con aspecto de absoluta naturalidad, a pesar de que el corazón le latía con fuerza y un calor desagradable le inundaba el pecho. Todos los socios permanecían en silencio y atentos; alguno había palidecido, pero ninguno estaba tan pálido como el señor Malthus. Los ojos le salían de las órbitas, movía la cabeza arriba y abajo sin darse cuenta y se llevaba las manos, alternativamente, a la boca, para cubrirse los labios, temblorosos y cenicientos. Estaba claro que el miembro honorífico gozaba de su condición de miembro de manera muy sorprendente.

—Atención, caballeros —solicitó el presidente.

Y empezó a repartir las cartas lentamente por la mesa en dirección inversa, deteniéndose hasta que cada hombre había mostrado su carta. Casi todos vacilaban; y a veces los dedos de algún jugador tropezaban varias veces en la mesa antes de poder volver el terrible pedazo de cartulina. Cuando se acercaba el turno del príncipe, éste experimentó una creciente y sofocante excitación, pero había en él algo de la naturaleza del jugador y reconoció, casi con asombro, cierto placer en aquellas sensaciones. Le cayó el nueve de bastos; a Geraldine le enviaron el tres de espadas y la reina de corazones al señor Malthus, que no fue capaz de reprimir un sollozo de alivio. Casi a continuación, el joven de las tartas de crema dio la vuelta al as de bastos. Quedó helado de horror, con la carta todavía entre los dedos. No había acudido allí a matar sino a ser matado, y el príncipe, en la generosa simpatía que sentía por el joven, estuvo a punto de olvidar el peligro que todavía se cernía sobre él y su compañero.

El reparto empezaba a dar la vuelta otra vez y la carta de la Muerte todavía no había salido. Los jugadores contenían el aliento y respiraban en suaves jadeos. El príncipe recibió otro basto; Geraldine, una de oros; pero cuando el señor Malthus volvió la suya, un ruido horrible, como el de algo rompiéndose, le salió de la boca; y se puso en pie y volvió a sentarse sin la menor señal de su parálisis. Era el as de espadas. El miembro honorario había jugado demasiado a menudo con su terror.

La conversación se reanudó casi al momento. Los jugadores abandonaron sus posturas rígidas, se relajaron y empezaron a levantarse de la mesa y a volver, en grupos de dos o tres, al salón de fumar. El presidente estiró los brazos y bostezó, como el hombre que ha acabado su trabajo del día. Pero el señor Malthus continuaba sentado en su sitio, con la cabeza entre las manos, sobre la mesa, ebrio e inmóvil… una cosa hecha pedazos.

El príncipe y Geraldine escaparon sin perder un instante. En el frío aire de la noche, su horror por lo que habían presenciado se duplicó.

—¡Ay! —exclamó el príncipe—. ¡Estar ligado por juramento a un asunto así! ¡Permitir que prosiga, impunemente y con beneficios, este comercio al por mayor de asesinatos! ¡Si me atreviera a romper mi juramento!

—Eso es imposible para su Alteza —observó el coronel—, cuyo honor es el honor de Bohemia. Pero yo sí me atrevo, y puede que con decencia, a quebrantar el mío.

—Geraldine —dijo el príncipe—, si su honor sufriera en cualquiera de las aventuras en que usted me sigue no sólo no le perdonaría nunca, sino que (y creo que le afectaría mucho más) no me lo perdonaría a mí mismo.

—Recibo las órdenes de su Alteza —repuso el coronel—. ¿Nos vamos de este maldito lugar?

—Sí —dijo el príncipe—. Llame un simón, por el amor del cielo, y trataré de olvidar en el sueño el recuerdo de esta noche desgraciada.

Pero fue evidente que el príncipe leyó atentamente el nombre de la calle antes de alejarse.

A la mañana siguiente, tan pronto como el príncipe se despertó, el coronel Geraldine le trajo el periódico, con la siguiente nota señalada:

TRÁGICO ACCIDENTE

Esta pasada madrugada, hacia las dos, el señor Bartholomew Malthus, residente en 16, Chepstow Place, Westbourne Grove, al regreso a su casa de una fiesta en casa de unos amigos, cayó del parapeto superior de Trafalgar

Square, fracturándose el cráneo, así como una pierna y un brazo. La muerte fue instantánea. El señor Malthus, a quien acompañaba un amigo, estaba en el momento del infortunado suceso buscando un coche de alquiler. El señor Malthus era paralítico y se cree que la caída pudo deberse a un síncope. El infortunado caballero era bien conocido en los más respetables círculos, y su pérdida será profundamente llorada.

—Si alguna vez un alma ha ido directamente al infierno —dijo con solemnidad Geraldine— ha sido la del paralítico.

El príncipe enterró el rostro entre las manos y guardó silencio.

—Casi estoy contento de que haya muerto —siguió hablando el coronel—. Pero confieso que me duele el corazón por nuestro joven amigo de las tartas de crema.

—Geraldine —dijo el príncipe, alzando el rostro—, ese infeliz muchacho era anoche tan inocente como usted y como yo; y esta mañana tiene el alma teñida de sangre. Cuando pienso en el presidente, mi corazón enferma dentro de mí. No sé cómo lo haré, pero tendré a ese canalla en mis manos como hay Dios en el cielo. ¡Qué experiencia y qué lección fue ese juego de cartas!

—No debe repetirse nunca —dijo el coronel.

El príncipe permaneció tanto rato sin responder que Geraldine empezó a alarmarse.

—No intente usted volver allá —dijo—. Ya ha sufrido y visto demasiados horrores. Los deberes de su alta posición le prohíben arriesgarse al azar.

—Es muy cierto lo que dice —aseguró el príncipe Florizel— y a mí mismo no me agrada mi decisión. ¡Ay! ¿Qué hay bajo las ropas de los poderosos, más que un hombre? Nunca sentí mi debilidad más agudamente que ahora, Geraldine, pero es algo más fuerte que yo. ¿Puedo acaso desentenderme de la suerte del infeliz joven que cenó con nosotros hace unas horas? ¿Puedo dejar al presidente seguir su nefasta carrera sin impedimento? ¿Puedo iniciar una aventura tan fascinante y no continuarla hasta el final? No, Geraldine, demanda usted del príncipe más que lo puede dar un hombre. Iremos esta noche a sentarnos de nuevo a la mesa del Club de los Suicidas.

El coronel Geraldine se puso de rodillas.

—¿Quiere su Alteza tomar mi vida? —exclamó—. Tómela, pues es suya, pero no me pida que le apoye en una empresa con riesgo tan horrible.

—Coronel Geraldine —respondió el príncipe con altivez—, su vida le pertenece sólo a usted. Lo único que pido es obediencia, y si se me ofrece a desgana, ya no la pediré. Añado sólo una palabra: su importunidad en esta cuestión ya ha sido suficiente.

El caballerizo mayor se incorporó al momento.

—Su Alteza —dijo—, ¿puedo quedar excusado de mi servicio esta tarde? No me atrevo, como hombre honorable que soy, a aventurarme por segunda vez en esa casa fatídica hasta que haya puesto orden en mis propios asuntos. Su Alteza no volverá a encontrar, yo se lo prometo, más oposición en el más devoto de sus servidores.

—Mi querido Geraldine —dijo el príncipe Florizel—, siempre lamento que me obligue usted a recordarle mi rango. Disponga del día como lo considere más conveniente, pero esté aquí antes de las once con el mismo disfraz.

El club no estaba tan concurrido en aquella segunda noche; cuando el príncipe y Geraldine llegaron, apenas había media docena de personas en la sala de fumar. Su Alteza llevó aparte al presidente y le felicitó calurosamente por el fallecimiento del señor Malthus.

—Siempre me gusta —dijo— encontrar eficacia, y ciertamente hallo mucha en usted. Su profesión es de una naturaleza muy delicada, pero veo que está usted cualificado para conducirla con éxito y discreción.

El presidente se sintió bastante afectado por los elogios de alguien tan distinguido como el príncipe y los aceptó casi con humildad.

—¡Pobre Malthy! —dijo—. El club me resulta casi extraño sin él. La mayoría de mis clientes son muchachos, mi querido señor, poéticos muchachos, que no son compañía para mí. No es que Malthy no sintiera cierta poesía, también, pero era del tipo que yo podía comprender.

—Entiendo perfectamente que sintiera usted simpatía por el señor Malthus —repuso el príncipe—. Me pareció un hombre con un carácter muy original.

El joven de las tartas de crema estaba en el salón, pero profundamente deprimido y silencioso. Sus amigos lucharon en vano por entablar una conversación con él.

—¡Cuán amargamente deseo que no les hubiera traído nunca a este infame lugar! —exclamó—. Marchen, mientras tengan limpias ahora las manos. ¡Si hubieran oído gritar al viejo cuando cayó y el ruido de sus huesos al chocar contra el pavimento! ¡Deséenme, si tienen compasión por un ser tan caído, deséenme el as de espadas para esta noche!

A medida que la noche avanzaba, llegaron al club unos cuantos socios más, pero el club no había congregado más que a una docena cuando todos tomaron asiento ante la mesa. El príncipe experimentó otra vez cierto gozo en sus sensaciones de temor, pero lo que le sorprendió fue ver a Geraldine mucho más dueño de sí mismo que la noche anterior. «Es extraordinario, —pensó el príncipe—, que el haber hecho o no testamento influya tanto en el ánimo de un hombre joven».

—¡Atención, caballeros! —pidió el presidente. Y empezó a repartir.

Las cartas dieron la vuelta a la mesa tres veces y ninguno de los naipes señalados había caído todavía de las manos del presidente. La excitación era sobrecogedora cuando empezó la cuarta vuelta. Quedaban las cartas justas para dar una vuelta más a la mesa. El príncipe, que estaba sentado en segundo lugar a la izquierda del presidente, debía recibir, en el orden inverso que se practicaba en el club, la penúltima carta. El tercer jugador dio la vuelta a un as negro… el as de bastos. El siguiente recibió una carta de oros, el siguiente una de corazones, y todavía no había sido entregado el as de espadas. Al final, Geraldine, que se sentaba a la izquierda del príncipe, dio la vuelta a su carta era un as, pero el as de corazones.

Cuando el príncipe vio su suerte delante, sobre la mesa, el corazón se le paró. Era un hombre valiente, pero el sudor le cubría el rostro. Tenía exactamente cincuenta posibilidades sobre cien de estar condenado. Volvió la carta: era el as de espadas. Un rugido sordo le llenó el cerebro y la mesa flotó ante sus ojos. Oyó al jugador sentado a su derecha romper en una carcajada que sonó entre la alegría y la decepción. Vio que el grupo se dispersaba rápidamente, pero su mente estaba sumida en otros pensamientos. Reconocía cuan loca y criminal había sido su conducta. En perfecto estado de salud y en los mejores años de su vida, el heredero de un trono se había jugado a las cartas su futuro y el de un país valiente y leal.

—¡Dios mío! —exclamó—. ¡Que Dios me perdone!

Y con esto, la confusión de sus sentidos desapareció y recuperó el dominio de sí mismo.

Para su sorpresa, Geraldine había desaparecido. En el salón de cartas sólo estaba el carnicero designado que consultaba con el presidente, y el joven de las tartas de crema, que se deslizó hasta el príncipe y le susurró al oído:

—Le daría un millón, si lo tuviera, por su suerte.

Su Alteza no pudo evitar pensar, cuando el joven se alejó, que se la hubiera vendido por una suma mucho más moderada.

La conferencia que se desarrollaba en susurros dio a su fin. El poseedor del as de bastos abandonó la sala con una mirada de inteligencia y el presidente se acercó al infortunado príncipe y le ofreció la mano.

—Me ha encantado conocerle, señor —dijo—, y me ha encantado haber estado en situación de ofrecerle este pequeño servicio. Al menos, no podrá usted quejarse de tardanza. La segunda noche… ¡qué golpe de suerte!

El príncipe se esforzó en vano por articular alguna respuesta, pero tenía la boca seca y la lengua parecía paralizada.

—¿Se siente un poco indispuesto? —preguntó el presidente, con muestras de solicitud—. A la mayoría les ocurre. ¿Le apetece un poco de brandy?

El príncipe señaló afirmativamente y el otro llenó inmediatamente un vaso con un poco de licor.

—¡Pobre viejo Malthy! —lamentó el presidente mientras el príncipe bebía del vaso—. Bebió casi un litro y parece que no le hizo casi efecto.

—Yo soy más susceptible al tratamiento —repuso el príncipe, bastante reanimado—. Ya estoy otra vez sereno, como puede observar. Bueno, déjeme preguntarle, ¿cuáles son mis instrucciones?

—Usted caminará por la acera de la izquierda del Strand en dirección a la City hasta que encuentre al caballero que acaba de salir. Él le dará las siguientes instrucciones y usted será tan gentil de obedecerle. La autoridad del club está investida en esa persona durante esta noche. Y ahora —finalizó el presidente—, le deseo un paseo muy agradable.

Florizel contestó a la despedida bastante secamente y se marchó. Atravesó el salón de fumar, donde el grueso de los jugadores continuaba bebiendo champán de algunas botellas que él mismo había encargado y pagado; y se sorprendió maldiciéndolos desde el fondo de su alma. Se puso el sombrero y el abrigo en el despacho y recogió su paraguas de un rincón. La rutina de estos gestos y el pensamiento de que los hacía por última vez le llevó a soltar una carcajada que le sonó desagradable a sus propios oídos. Sentía renuencia a dejar el despacho y se volvió hacia la ventana. La luz de las farolas y la oscuridad de la calle le hicieron volver en sí.

—Vamos, vamos, debo comportarme como un hombre —pensó— y salir fuera ahora mismo.

En la esquina de Box Court, tres hombres cayeron sobre el príncipe Florizel y sin ninguna ceremonia lo introdujeron en un carruaje, que arrancó y se alejó al instante. Dentro había ya un ocupante.

—¿Me perdonará Su Alteza esta muestra de celo? —inquirió una voz muy familiar.

El príncipe se lanzó al cuello del coronel con un apasionado alivio.

—¿Cómo podré agradecérselo alguna vez? —exclamó—. ¿Y cómo se ha arreglado esto?

Aunque había estado dispuesto a afrontar su suerte, estaba encantado de ceder a una amistosa violencia que le devolvía de nuevo la vida y la esperanza.

—Puede agradecérmelo bastante —repuso el coronel— evitando todos estos peligros de ahora en adelante. Y en relación con su segunda pregunta, todo ha sido dispuesto por los medios más simples. Esta tarde me puse de acuerdo con un famoso detective. Se me ha garantizado el secreto y he pagado por ello. Los propios sirvientes de Su Alteza han sido los principales participantes en el asunto. La casa de Box Court está rodeada desde el atardecer y este coche, que es uno de los suyos, lleva aguardándole casi una hora.

—¿Y la miserable criatura que iba a asesinarme… qué hay de él? —preguntó el príncipe.

—Le capturamos en cuanto salió del club —siguió explicando el coronel —, y ahora espera su sentencia en el Palacio, donde pronto van a ir a acompañarle sus cómplices.

—Geraldine —dijo el príncipe—, me ha salvado usted en contra de mis órdenes, y ha hecho bien. No sólo le debo mi vida, sino también una lección. Y no sería merecedor de mi título y mi clase si no mostrara mi gratitud a mi maestro. Elija usted el modo de hacerlo.

Se hizo una pausa, durante la cual el carruaje continuó corriendo velozmente por las calles, y los dos hombres se sumieron en sus propios pensamientos. El coronel Geraldine rompió el silencio.

—Su Alteza —dijo— tiene en este momento un número elevado de prisioneros. Hay, al menos, un criminal, de entre todos ellos, con el que se debe hacer justicia. Nuestro juramento nos prohíbe recurrir a la ley, y la discreción nos lo impediría igualmente, aunque se perdiera el juramento. ¿Puedo preguntar qué intenciones tiene Su Alteza?

—Está decidido —contestó Florizel—. El presidente debe caer en duelo. Sólo queda elegir a su adversario.

—Su Alteza me ha permitido solicitar mi recompensa —dijo el coronel—. ¿Me permite pedirle que nombre a mi hermano? Es una tarea honorable y me atrevo a asegurar a Su Alteza que el muchacho responderá con creces.

—Me pide usted un ingrato favor —repuso el príncipe—, pero no debo negarle nada.

El coronel le besó la mano con el mayor de los afectos. En ese momento, el carruaje pasó bajo los arcos de la espléndida residencia del príncipe.

Una hora más tarde, Florizel, vestido con su traje de ceremonia y cubierto con las órdenes y condecoraciones de Bohemia, recibió a los miembros del Club de los Suicidas.

—Hombres locos y malvados —empezó—, como muchos de ustedes han sido conducidos a este extremo por la falta de fortuna, recibirán trabajo y salario de mis oficiales. Los que sufran del sentimiento de la culpa deberán recurrir a un poderoso más alto y generoso que yo. Siento piedad por todos ustedes, mucho más profunda de lo que imaginan; mañana me contarán sus problemas y, cuanto más francamente me respondan, más dispuesto estaré a remediar sus infortunios. En cuanto a usted —se volvió un poco, dirigiéndose al presidente—, sólo ofendería a una persona de sus méritos ofreciéndole mi ayuda. Pero, en vez de eso, voy a proponerle un poco de diversión. Aquí —puso la mano en el hombro del hermano del coronel Geraldine—, está uno de mis oficiales, que desea realizar un pequeño viaje por Europa; y yo le pido el favor de acompañarle en esa excursión. ¿Sabe usted —siguió, cambiando el tono de voz—, sabe usted disparar bien una pistola? Porque puede que necesite usted este conocimiento. Cuando dos hombres viajan juntos, es conveniente estar preparado para todo. Déjeme añadir que, si por cualquier causa, perdiera usted al joven Geraldine por el camino, siempre tendré otro hombre de mi séquito para poner a su disposición. Y se me conoce, señor presidente, por tener tan buena vista como largo brazo.

Con estas palabras, pronunciadas con gran severidad, el príncipe finalizó su discurso. A la mañana siguiente, fueron rescatados por su generosidad y el presidente emprendió su viaje, bajo la supervisión del joven Geraldine y de un par de fieles ayudas de cámara del príncipe, fieles y bien enseñados. No contento con esto, el príncipe dispuso que dos discretos agentes se instalaran en la casa de Box Court y él personalmente controló todas las cartas, visitantes y dirigentes del Club de los Suicidas.

Aquí (dice mi autor árabe) acaba la HISTORIA DEL JOVEN DE LAS TARTAS DE CREMA, que ahora vive cómodamente en Wigmore Street, Cavendish Square. No ofrecemos el número por razones obvias. Los que deseen seguir las aventuras del príncipe Florizel y el presidente del Club de los Suicidas pueden leer a continuación la HISTORIA DEL MÉDICO Y EL BAÚL MUNDO.

2. Historia del médico y el baúl mundo

El señor Silas O. Scuddamore era un joven norteamericano, de carácter sencillo y apacible, y ello era meritorio, pues había nacido en Nueva Inglaterra, provincia del Nuevo Mundo, no precisamente conocida por estas cualidades. Aunque era inmensamente rico, llevaba siempre la relación de todos sus gastos en una pequeña libreta de notas, y había optado por estudiar las atracciones de París desde el séptimo piso de lo que se conoce como un «hotel amueblado», en el Barrio Latino. Su austeridad se debía mucho a la fuerza de la costumbre, y su virtud, que destacaba mucho entre la gente con la que se relacionaba, estaba basada, sobre todo, en su juventud y su timidez.

La habitación contigua a la suya la ocupaba una señora, de aire muy atractivo y elegante en su indumentaria, a quien había tomado por una condesa cuando llegó. Con el tiempo, se enteró de que se la conocía con el nombre de señora Zéphyrine, y que no era una persona de título, cualquiera que fuese la posición que ocupara en la vida. La señora Zéphyrine, probablemente con la esperanza de atraer al joven americano, acostumbraba a inclinarse gentilmente cuando se cruzaban en las escaleras, diciendo alguna palabra amable o lanzando una mirada arrolladora con sus ojos negros, para desaparecer después entre un murmullo de sedas y el descubrimiento de un pie y un tobillo admirables. Pero estos intentos no estimulaban al señor Scuddamore sino, que por el contrario, le hundían más en los abismos de la depresión y la timidez. Había ido a verle varias veces para pedirle fuego o disculparse por las imaginarias molestias que le causaba su perrito. Pero la boca del joven quedaba muda en presencia de aquel ser tan superior, su francés le abandonaba en el acto, y sólo podía mirarla fijamente y tartamudear hasta que ella se iba. Lo limitado de aquel intercambio no le impedía lanzar gloriosos comentarios sobre ella cuando estaba solo y seguro con algunos de sus amigos.

La habitación del otro lado de la del americano —pues el hotel tenía tres habitaciones por planta— estaba alquilada por un viejo médico inglés de reputación bastante dudosa. El doctor Noel, pues ése era su nombre, se había visto obligado a abandonar Londres, donde gozaba de una gran e importante clientela, y se aseguraba que aquel cambio de ambiente había sido promovido por la policía. Lo cierto era que aquel hombre, que había sido casi un personaje honorable en los años anteriores de su vida, vivía ahora en el Barrio Latino con gran sencillez y en soledad, dedicado casi todo el tiempo al estudio. El señor Scuddamore había entablado conocimiento con él y los dos hombres cenaban juntos de tanto en tanto, muy frugalmente, en un restaurante del otro lado de la calle.

Silas O. Scuddamore tenía muchos vicios pequeños, aunque de naturaleza respetable y la elegancia no le impedía concedérselos de manera a veces un poco dudosa. De sus debilidades, la mayor era la curiosidad. Era chismoso de nacimiento, y la vida, en especial aquellos aspectos en los que no tenía experiencia, le interesaba con pasión. Era un preguntón incorregible e impertinente y planteaba sus preguntas con gran insistencia y total indiscreción. Cuando había llevado una carta ajena al correo, le habían visto sopesarla en la mano, darle vueltas y vueltas, y estudiar las señas con la mayor atención. Y cuando encontró un agujero en la pared que separaba su habitación de la de la señora Zéphyrine, en lugar de cerrarlo, lo agrandó y mejoró la abertura, y lo utilizó para espiar la vida de su vecina.

Un día, hacia finales de marzo, con la curiosidad cada vez más desarrollada a medida que se abandonaba a ella, agrandó el agujero un poco más, de manera que pudiera ver otra esquina de la habitación. Aquella tarde, cuando fue, como de costumbre, a inspeccionar los movimientos de la señora Zéphyrine, quedó asombrado al encontrar la abertura oscurecida de una extraña manera por el otro lado, y todavía se sintió más avergonzado cuando el obstáculo fue súbitamente retirado y oyó una carcajada. Un poco de yeso debía de haber revelado el secreto de su espionaje y su vecina le había devuelto el cumplimiento de la misma manera. El señor Scudddamore se sintió terriblemente molesto y condenó sin piedad a la señora Zéphyrine; se culpó a sí mismo de lo ocurrido; pero cuando, al día siguiente, comprobó que ella no había tomado medidas para privarle de su entretenimiento favorito, continuó aprovechándose de su descuido y satisfaciendo su vana curiosidad.

Al día siguiente, la señora Zéphyrine recibió una larga visita. Era un hombre alto y desgarbado, de más de cincuenta años, a quien Silas no había visto nunca. Su traje de tweed y su camisa de colores, así como sus gruesas patillas, indicaban que era inglés, pero tenía unos ojos grises y opacos que infundieron en Silas una sensación de frialdad. Estuvo haciendo muecas con la boca, de un lado a otro, y de arriba abajo, durante toda la conversación, que se desarrolló en susurros. Al joven de Nueva Inglaterra le pareció que más de una vez el hombre señalaba con sus gestos hacia su habitación; pero lo único claro que pudo concluir, con toda su escrupulosa atención, fue una frase que dijo en voz un poco más alta, como en respuesta a alguna resistencia u oposición:

—He estudiado sus gustos con la mayor atención, y le digo y le repito que usted es la única mujer de esa clase con la que puedo contar.

La señora Zéphyrine respondió a estas palabras con un suspiro e hizo un ademán de aparente resignación, como quien se rinde ante una indiscutible autoridad.

Esa tarde, el observatorio quedó clausurado definitivamente, cuando en el otro lado se colocó un armario ropero delante. Pero cuando Silas estaba todavía lamentándose de este infortunio, que atribuía a una malévola sugerencia de aquel inglés, el portero le trajo una carta escrita con letra de mujer. Estaba escrita en francés, con una ortografía no muy correcta, no llevaba firma, y en los términos más sugestivos invitaba al joven americano a acudir a un lugar determinado del baile Bullier a las once de aquella noche. La curiosidad y la timidez libraron una larga batalla en su interior; a veces era todo virtud, a veces era todo ardor y osadía. El resultado final fue que, mucho antes de las diez, el señor Silas O. Scuddamore se presentó impecablemente vestido en la puerta del salón de baile Bullier y pagó su entrada con una sensación de temeraria desenvoltura que no carecía de encanto.

Eran los días de carnaval y el salón estaba repleto y ruidoso. Las luces y la muchedumbre intimidaron bastante al principio a nuestro joven aventurero, pero después se le subieron a la cabeza en una especie de embriaguez que le hizo sentirse en posesión de su más íntimo atrevimiento. Se sentía dispuesto a enfrentarse al diablo, y se paseó ostentosamente por el salón con toda la seguridad de un caballero. Mientras efectuaba su recorrido, localizó a la señora Zéphyrine, y a su hombre inglés, que estaban conferenciando detrás de una columna. El espíritu felino de la curiosidad le dominó al momento y fue acercándose cada vez más a la pareja por detrás, hasta que pudo escuchar lo que hablaban.

—Aquél es el hombre —decía el inglés—. Aquél del pelo largo rubio, el que está hablando con la chica vestida de verde.

Silas identificó a un joven muy apuesto, de baja estatura, que era claramente el objeto de aquella designación.

—De acuerdo —dijo la señora Zéphyrine—. Haré todo lo que pueda. Pero recuerde que hasta las mejores podemos fallar en estos asuntos.

—¡Bah! —replicó su compañero—. Respondo del resultado. ¿No la he escogido de entre treinta? Vaya, pero tenga cuidado con el príncipe. No puedo imaginar qué maldita casualidad le ha traído aquí esta noche. Como si no hubiera docenas de bailes en París más merecedores de él que esta escandalera de estudiantes y comerciantes. Mírele donde está sentado: parece más un emperador en su casa que un príncipe de vacaciones.

Silas tuvo otra vez suerte. Pudo ver a un hombre de constitución fuerte, de gran apostura y aire majestuoso y cortés, sentado a una mesa con otro hombre joven también apuesto, varios años más joven, que se dirigía a él con explícita deferencia. El título de príncipe sonó agradablemente a los oídos republicanos de Silas y el aspecto de la persona a quien se aplicaba aquel título ejerció el habitual encanto sobre él. Dejó que la señora Zéphyrine y su inglés se cuidasen el uno al otro y, abriéndose paso entre la multitud, se aproximó a la mesa que el príncipe y su confidente habían honrado con su elección.

—Le digo, Geraldine —decía el primero—, que esta actuación es una locura. Usted mismo (y me complace recordarlo) eligió a su hermano para este arriesgado servicio, y tiene usted el deber de vigilar su conducta. Ha consentido permanecer varios días en París, lo cual ya es una imprudencia considerando el carácter del hombre con el que trata. Y ahora, cuando le faltan cuarenta y ocho horas para la partida, cuando le quedan dos o tres días para la prueba decisiva, le pregunto si éste es el lugar adecuado para pasar el rato. Debería estar practicando en una galería de tiro, durmiendo las horas necesarias y haciendo un ejercicio moderado de paseos; debería seguir una dieta rigurosa, sin vinos blancos ni brandy. ¿Se cree ese chiquillo que estamos representando una comedia? La cosa es mortalmente seria, Geraldine.

—Conozco al muchacho demasiado para entrometerme —dijo el coronel Geraldine— y lo bastante bien como para no alarmarme. Es mucho más precavido de lo que usted imagina y tiene un valor extraordinario. Si hubiera alguna mujer en medio, quizá no lo aseguraría tanto, pero confío al presidente a sus manos y en las de los dos sirvientes, sin la menor aprensión.

—Me alegra enormemente oírlo —replicó el príncipe—, pero no me siento del todo tranquilo. Esos sirvientes son espías muy bien adiestrados y ¿acaso no ha conseguido el bribón eludir su vigilancia en tres ocasiones y dedicar varias horas a asuntos suyos, seguramente peligrosos? Un aficionado podría haberle perdido por casualidad, pero si despistó a Rudolph y Jérome debe de haber sido con un propósito determinado y por un hombre con extraordinaria habilidad y con poderosos motivos.

—Creo que ahora el asunto está entre mi hermano y yo —dijo Geraldine con cierto matiz de ofensa en la voz.

—Me parece bien que sea así, coronel Geraldine —afirmó el príncipe Florizel—. Quizá por esta misma razón debería estar usted más dispuesto a aceptar mis consejos. Pero basta ya. Esa chica de amarillo baila maravillosamente.

Y la conversación derivó a los temas acostumbrados de un salón de baile de París y de la época de carnaval.

Silas recordó entonces dónde estaba y que estaba a punto de dar la hora en que debía encontrarse en el lugar que le habían indicado. Cuanto más reflexionaba sobre ello, menos le agradaba la idea y como en ese momento un empujón de la multitud empezó a llevarle en dirección a la puerta, se dejó llevar sin oponer resistencia. La corriente humana le dejó en una esquina, bajo la galería, y allí le llegó inmediatamente a los oídos la voz de la señora Zéphyrine. Estaba hablando en francés con el joven de la melena rubia que le había señalado el extraño inglés media hora antes.

—Tengo un nombre que proteger —decía ella—. Si no, no pondría más objeciones que las que mi corazón me dictara. Sólo ha de decirle eso al portero y le permitirá pasar sin una palabra más.

—Pero ¿por qué esas palabras de una deuda? —objetó su acompañante.

—¡Santo cielo! —exclamó ella—. ¿Cree usted que no conozco mi propio hotel?

Y se alejó, colgada cariñosamente del brazo de su acompañante.

Esto recordó a Silas su carta. «Diez minutos más —pensó—, y puede que esté paseando con una mujer tan hermosa como ésta, quizá hasta más elegante… puede que una dama verdadera o una aristócrata». Pero entonces recordó la ortografía y se sintió un poco descorazonado. «A lo mejor la ha escrito su doncella», imaginó.

Sólo faltaban ya unos minutos para la hora en el reloj, y esta cercanía le hizo latir el corazón con una rapidez desconocida y hasta cierto punto desagradable. Reflexionó con alivio que no estaba en absoluto obligado a comparecer. La virtud y la cobardía se unían y se dirigió otra vez a la puerta, ahora por su propia decisión, luchando contra el flujo del gentío que ahora se movía en dirección contraria. Quizá esta prolongada resistencia le cansó o se hallaba en ese estado mental en que basta que una determinación se prolongue unos minutos para producir una decisión y un propósito diferentes al original. Finalmente, se dio la vuelta por tercera vez y ya no se detuvo hasta que encontró un lugar donde ocultarse, a pocos pasos del punto de la cita.

Allí sufrió una verdadera agonía y varias veces rogó al Cielo que viniese en su ayuda, pues Silas había sido educado devotamente. No sentía ahora deseo ninguno del encuentro; sólo le impedía escapar el absurdo temor de que se le creyera cobarde; pero ese temor era tan poderoso que se sobreponía a todas las otras razones; y, aunque no le decidía a avanzar, le impedía echar a correr de una vez. Por último, el reloj señaló diez minutos más de la hora. El ánimo del joven Scuddamore empezó a serenarse; escrutó desde donde se encontraba y no vio a nadie en el lugar de la cita; sin duda su anónimo corresponsal se había cansado de esperar y se había marchado. Se sintió tan audaz como antes se había sentido tímido. Le pareció que si acudía finalmente a la cita, aunque fuese tarde, quedaría limpio de cualquier sospecha de cobardía. Empezó a sospechar que le habían gastado una broma y se felicitó a sí mismo de su astucia al haber recelado de sus engañadores. ¡Así de vanidosa es la mente de un muchacho!

Armado con estas reflexiones, avanzó valerosamente desde su rincón y, no había dado dos pasos, cuando una mano le cogió por el brazo. Se volvió y se encontró con una dama, alta, de porte majestuoso y maneras señoriales, pero sin ninguna señal de seriedad en la mirada.

—Veo que es usted un seductor muy seguro de sí mismo —dijo la dama—, puesto que se hace esperar. Pero estaba decidida a encontrarme con usted. Cuando una mujer se olvida tanto de sí misma como para dar el primer paso, deja atrás todas las pequeñas consideraciones del orgullo.

Silas se sintió sobrecogido por el tamaño y los atractivos de su acompañante, así como por la manera súbita en que había caído sobre él. Pero ella pronto lo tranquilizó. Se conducía de manera gentil y afectuosa; le animaba a hacer bromas, que le aplaudía con entusiasmo, y, en muy poco tiempo, entre esas atenciones y un uso abundante de un brandy caliente, ella logró no sólo inducirle a imaginarse enamorado sino incluso a que le declarase su pasión de manera vehemente.

—¡Ay! —exclamó la dama—. No sé si no debería lamentar este momento, por grande que sea el placer que me producen sus palabras. Hasta ahora, yo sufría sola; en adelante, mi pobre muchacho, sufriremos los dos. No soy dueña de mis actos. No me atrevo a pedirle que venga a visitarme a mi casa, pues allí me acechan unos ojos celosos. Veamos —añadió—, soy más mayor que usted, aunque sea mucho más débil; y si bien confío en su valor y determinación, debo utilizar mi conocimiento del mundo y de la vida en provecho de los dos. ¿Dónde vive usted?

Él le respondió que se alojaba en un hotel amueblado y le dio el nombre de la calle y el número. Ella pareció reflexionar unos minutos, haciendo un esfuerzo por pensar.

—Bueno —dijo, finalmente—. Será usted fiel y obediente, ¿no es verdad?

Silas le aseguró ansiosamente su fidelidad.

—Mañana por la noche, entonces —prosiguió ella con una sonrisa alentadora—. Debe usted quedarse en casa toda la tarde; si vienen amigos a visitarle, despídalos en seguida con el primer pretexto que se le ocurra. ¿Suelen cerrar el portal a las diez?

—A las once —contestó Silas.

—A las once y cuarto —siguió la dama—, salga de su casa. Llame para que le abran la puerta y, sobre todo no se ponga a conversar con el portero, pues eso lo estropearía todo. Vaya directo a la esquina de los jardines de Luxemburgo con el Boulevard. Me encontrará allí esperándole. Confío en que seguirá mis advertencias punto a punto; recuerde que si me falla, aunque sólo sea en una, acarreará problemas gravísimos a una mujer cuya única falta es haberle visto y haberse enamorado de usted.

—No veo la utilidad de todas estas instrucciones —opinó Silas.

—Me parece que ya empieza usted a tratarme como mi dueño —exclamó ella, golpeándole suavemente en el brazo con el abanico—. ¡Paciencia, paciencia! Todo llegará a su tiempo. Una mujer quiere que la obedezcan al principio, aunque después su placer es obedecer. Haga lo que le pido, ¡por el amor de Dios!, o no respondo de nada. En realidad, ahora que lo pienso —añadió, como si resolviera de pronto alguna dificultad—, tengo un plan mejor para evitar cualquier visita inoportuna. Dígale al portero que no deje entrar a nadie a visitarle, excepto a una persona que posiblemente acuda esa noche a cobrar una deuda; y hable con sentimiento, como si le diera miedo la visita, de modo que se tome en serio sus palabras.

—Creo que podría usted confiar en que sé protegerme solo de los intrusos —dijo él, con una nota de resentimiento en la voz.

—Me gusta arreglar las cosas así —contestó ella con frialdad—. Conozco a los hombres; no hacen ustedes ningún caso de la reputación de una mujer.

Silas enrojeció y se sintió un poco avergonzado, porque en el panorama que se le presentaba había incluido el vanagloriarse delante de sus amigos.

—Sobre todo no hable con el portero al salir —insistió la mujer.

—¿Por qué? —inquirió él—. De todas sus instrucciones, ésta me parece la menos importante.

—Al principio dudó usted de la conveniencia de algunas de las otras, que ahora entiende muy necesarias —replicó ella—. Créame, esto también tiene su sentido, lo verá a su tiempo. ¿Y qué debo yo pensar de su afecto por mí, si rechaza usted tales trivialidades en nuestro primer encuentro?

Silas se enredó en explicaciones y disculpas, pero a la mitad ella miró el reloj y dio una palmada, ahogando un grito de sorpresa.

—¡Cielos! —exclamó—. ¿De veras es tan tarde? No puedo perder un instante. ¡Ay! ¡Pobres mujeres, cuán esclavas somos! ¿Cuánto no he arriesgado ya por usted?

Y, tras repetirle sus instrucciones, que combinó ampliamente con caricias y miradas de entrega, se despidió de él diciéndole adiós y desapareció entre la multitud.

Durante todo el día siguiente, Silas se sintió embargado, por un sentimiento de gran importancia. Estaba convencido, ahora, de que la dama era una condesa y cuando cayó la tarde siguió minuciosamente todas sus indicaciones y se dirigió a los jardines de Luxemburgo a la hora acordada. No había nadie. Aguardó durante casi media hora, mirando los rostros de todos los que paseaban o deambulando por el derredor. Fue a las esquinas próximas del Boulevard y dio la vuelta completa a las verjas de los jardines, pero no había ninguna hermosa condesa que se arrojara en sus brazos. Finalmente, muy malhumorado, dirigió sus pasos nuevamente de vuelta al hotel. En el camino, recordó las palabras que había oído entre la señora Zéphyrine y el hombre de cabello rubio, y éstas le provocaron un desasosiego infinito. «Parece —pensó —, que todo el mundo tiene que decirle mentiras a nuestro portero».

Tocó el timbre, la puerta se abrió ante él y el portero apareció en pijama ofreciéndole una luz.

—¿Se ha marchado él? —preguntó.

—¿Él? ¿A quién se refiere? —inquirió a su vez Silas, un poco secamente, por su disgusto por la cita.

—No le he visto salir —siguió el portero—, pero espero que le haya pagado usted. En esta casa, no nos gusta tener inquilinos que no pueden cumplir con sus deudas.

—¿De qué demonios está hablando? —preguntó Silas, rudamente—. No entiendo una palabra de toda esta cháchara.

—Del hombre bajo, rubio, que vino a por la deuda —respondió el portero —. Creo que es ése. ¿Quién más podía ser si tenía órdenes suyas de no admitir a nadie más?

—¡Por Dios! Por supuesto que no ha venido nadie.

—Yo creo lo que creo —repuso el portero, componiendo una mueca burlona con la lengua en la mejilla.

—Es usted un condenado pícaro —gritó Silas.

Pero, sintiendo que había hecho el ridículo con su brusquedad, y asaltado a la vez por unas alarmas inconscientes, se dio la vuelta y empezó a subir a toda prisa las escaleras.

—¿Entonces, no quiere la luz? —gritó el portero.

Pero Silas se limitó a subir más deprisa y no se paró hasta que llegó al séptimo piso y a la puerta de su propia habitación. Esperó un momento para recobrar el aliento, asaltado por los peores presentimientos y casi temeroso de penetrar en la habitación.

Cuando al final entró, sintió alivio al encontrarla a oscuras y, en apariencia, sin nadie dentro. Respiró hondo. Estaba otra vez en casa, y a salvo, y aquélla iba a ser su última locura tan cierto como que había sido la primera. Guardaba las cerillas en la mesita de noche y avanzó a ciegas hacia allá. Mientras se movía, volvió a sentirse inquieto, y cuando su pie alcanzó un obstáculo le satisfizo comprobar que no era nada más alarmante que una silla. Al final, tocó las colgaduras del lecho. Por la situación de la ventana, que era claramente visible, supo que estaba a los pies de la cama y que sólo tenía que seguir a tientas un poco más para llegar a la mesita de noche.

Bajó la mano, pero lo que tocó no fue sólo el cobertor; era el cobertor con algo debajo que parecía la forma de una pierna humana. Silas retiró la mano y se quedó petrificado. «¿Qué puede significar todo esto?», se preguntó.

Escuchó con atención, pero no se percibía sonido alguno de respiración. Una vez más, con un tremendo esfuerzo, tocó con la punta del dedo el lugar que había tocado antes. Pero esta vez saltó medio metro atrás, temblando y paralizado de horror. En su cama había algo. No sabía lo que era, pero había algo.

Transcurrieron unos segundos hasta que logró moverse. Luego, guiado por el instinto, fue derecho a las cerillas y, de espaldas a la cama, encendió una vela. Cuando la llama prendió, se dio la vuelta lentamente y miró hacia lo que temía ver. Con seguridad, era lo peor que su imaginación había podido concebir. La sobrecama estaba cuidadosamente estirada sobre las almohadas, pero modelaba la silueta de un cuerpo humano que permanecía inmóvil. Silas dio un salto adelante, apartó de un tirón las sábanas y reconoció al joven del cabello rubio que había visto la noche anterior en el salón de baile Bullier. Tenía los ojos abiertos pero sin vida, el rostro hinchado y negro, y un fino reguero de sangre le corría desde la nariz.

Silas lanzó un prolongado y trémulo gemido, dejó caer la vela y cayó de rodillas junto a la cama. Le despertó del atontamiento en que le había sumido su terrible descubrimiento un tenue golpeteo en la puerta. Tardó unos segundos en recordar su situación y, cuando se precipitó a evitar que nadie entrara en la habitación, era ya demasiado tarde. El doctor Noel, tocado con un alto gorro de dormir y transportando una lámpara que iluminaba sus blancas facciones, empujó lentamente la puerta abierta, entró mirando a uno y otro lado con la cabeza inclinada como un pájaro, y se colocó en el medio de la habitación.

—Creí oír un grito —empezó el doctor—, y, temiendo que no se encontrara usted bien, no he dudado en permitirme esta intrusión.

Silas se mantuvo entre el doctor y el lecho, con la cara roja y notando los latidos de terror de su corazón, pero no encontró voz suficiente para responder.

—Está usted a oscuras —siguió el doctor— y no ha empezado siquiera a prepararse para descansar. No me persuadirá usted fácilmente contra lo que veo con mis propios ojos y su rostro declara con la mayor elocuencia: usted necesita un médico o un amigo. ¿Cuál de las dos cosas será? Déjeme tomarle el pulso, que a menudo nos informa de cómo va el corazón.

Avanzó hacia Silas, que se retrocedió unos pasos, e intentó cogerle la muñeca, pero la tensión nerviosa del joven norteamericano era demasiado grande ya para aguantar más. Evitó al doctor con un movimiento enfebrecido, se tiró al suelo y rompió a llorar a raudales.

En cuanto el doctor Noel percibió la forma del hombre muerto en el lecho se le oscureció la cara. Corrió hacia la puerta, que había dejado abierta, la cerró apresuradamente y le echó doble llave.

—¡Arriba! —gritó, dirigiéndose a Silas con voz estridente—. No es momento de llorar. ¿Qué ha hecho usted? ¿Cómo ha llegado este cuerpo a su habitación? Hable francamente a alguien que puede ayudarle. ¿Imagina usted que voy a hundirle? ¿Cree usted que este pedazo de carne muerta en sus almohadas altera de algún modo la simpatía que siempre me ha inspirado usted? Juventud crédula, el horror con que observa las acciones la ley ciega e injusta no se contagia a los ojos de los que le aprecian de verdad. Si viera a mi mejor amigo volver a mí envuelto en mares de sangre, nada cambiaría en mi afecto. Levántese —siguió—, la bondad y la maldad son una quimera; no hay nada en vida salvo el destino, y cualesquiera sean las circunstancias en que se encuentre, hay alguien a su lado, que le ayudará hasta el final.

Animado de esta manera, Silas consiguió dominarse y, con voz quebrada y auxiliado por las preguntas del doctor, consiguió al final ponerle al corriente de los hechos. Mas omitió la conversación entre el príncipe y Geraldine, pues no había comprendido su sentido y no creía que guardara relación alguna con su desgracia.

—¡Ay! —exclamó el doctor Noel—. O mucho me equivoco o ha caído usted con toda inocencia en las manos más peligrosas de Europa. ¡Pobre chico, qué abismo se le ha abierto por su simpleza! ¡A qué mortal peligro le han conducido sus inconscientes pies! ¿Podría usted describirme a ese hombre —preguntó—, ese inglés a quien vio usted dos veces, del que sospecho es el cerebro de toda la intriga? ¿Era joven o viejo? ¿Bajo o alto?

Pero Silas, que, a pesar de toda su curiosidad no tenía ojos para ver, fue incapaz de proporcionar más que meras generalidades, que hacían imposible reconocer al hombre.

—¡Pondría una asignatura obligatoria en todos los colegios! —gritó, enfadado, el doctor—. ¿De qué sirve tener vista y un lenguaje articulado, si un hombre no es capaz de observar y reconocer los rasgos de su enemigo? Yo, que conozco a todos los gánsteres de Europa, podría haberle identificado y así conseguir nuevas armas para defenderle. Cultive este arte en el futuro, mi pobre muchacho; puede serle de utilidad.

—¡El futuro! —exclamó Silas—. ¿Qué futuro hay para mí, excepto la horca?

—La juventud es una edad cobarde —repuso el doctor—, y los problemas de un hombre parecen más negros de lo que son. Soy ya viejo, y sin embargo no desespero nunca.

—¿Puedo contarle una historia así a la policía? —preguntó Silas.

—Seguro que no —replicó el doctor—. Por lo que ya anticipo de la maquinación en que le han implicado, su caso es desesperado por ese lado. Para las estrechas miras de las autoridades usted será, inevitablemente, el culpable. Y recuerde que sólo conocemos una parte del complot. Sin duda, los mismos infames conspiradores habrán preparado otros muchos detalles que se descubrirían en otra encuesta de la policía y sólo acentuarían más su culpabilidad que su inocencia.

—¡Estoy perdido, entonces! —gritó Silas.

—No he dicho eso —repuso el doctor Noel—, pues soy un hombre prudente.

—¡Pero mire eso! —insistió Silas, señalando el cuerpo—. Mire ese cuerpo en mi cama, y no puedo explicarlo, ni hacerlo desaparecer, ni mirarlo sin horror.

—¿Horror? —exclamó el doctor—. No. Cuando un reloj como éste deja de funcionar, para mí ya no es más que una ingeniosa pieza de maquinaria para ser investigada con el bisturí. Cuando la sangre se enfría y se estanca, deja de ser sangre humana; cuando la carne está muerta ya no es esa carne que deseamos en nuestros amantes y respetamos en nuestros amigos. La gracia, la atracción, el terror, todo se ha desvanecido con el espíritu que los animaba. Acostúmbrese a mirarlo con calma, pues si mi plan puede llevarse a la práctica, tendrá que vivir unos días en la proximidad de eso que ahora tan enormemente le horroriza.

—¿Su plan? —exclamó Silas—. ¿Qué plan? Dígamelo ahora mismo, doctor, porque apenas me resta valor para continuar viviendo.

El doctor Noel se volvió hacia el lecho sin responder y procedió a examinar el cuerpo.

—Muerto, desde luego —murmuró—. Sí, como había supuesto, los bolsillos vacíos. Y también han cortado el nombre de la camisa. Han hecho el trabajo con cuidado y a fondo. Afortunadamente, es de baja estatura.

Silas atendía a sus palabras con extrema ansiedad. Por último, el doctor, finalizado su reconocimiento, se sentó en una silla y se dirigió al joven americano sonriendo.

—Desde que entré en esta habitación —dijo—, aunque he tenido muy ocupados los oídos y la lengua, no he dejado sin trabajar a mis ojos. Hace un momento observé que tiene usted allí, en el rincón, uno de esos artefactos monstruosos que sus compatriotas arrastran con ellos a todas partes del globo: en una palabra, un baúl Saratoga. Hasta este momento no había sido nunca capaz de imaginarme la utilidad de esos muebles, pero empiezo a hacerme una idea. No me decidiría a afirmar si han servido para el comercio de esclavos o para evitar las consecuencias de un uso excesivo del puñal. Pero veo claramente algo: la finalidad de un baúl así es contener un cuerpo humano.

—No me parece —exclamó Silas—, que sea la situación adecuada para bromas.

—Aunque me exprese con cierto humor —replicó el doctor—, mis palabras son absolutamente serias. Y la primera cosa que debemos hacer, mi joven amigo, es vaciar el cofre de todo su contenido.

Silas se puso a disposición del doctor Noel, obedeciendo su autoridad. El baúl Saratoga no tardó en quedar vacío y su contenido desparramado por el suelo. Entonces, Silas tomó el cadáver por los talones y el doctor por los hombros y lo sacaron de la cama. Tras algunas dificultades, lo doblaron y lo introdujeron por entero en el baúl vacío. Con un esfuerzo por parte de ambos, forzaron la tapa y cerraron el baúl sobre aquel extraño equipaje, y el doctor le echó la llave y lo ató en varias vueltas con una cuerda. Mientras tanto, Silas guardó en el armario y la cómoda los objetos que habían sacado.

—Ahora —dijo el doctor—, ya hemos dado el primer paso hacia su salvación. Mañana, o incluso hoy, será su trabajo eliminar las sospechas del portero, pagándole todo lo que le debe; mientras, puede usted confiar en que dispondré todo lo necesario para que las cosas terminen bien. Entre tanto, acompáñeme a mi habitación y le daré un buen narcótico, pues, haga lo que haga, debe usted descansar.

El día siguiente fue el más largo de los que Silas recordaba; parecía que no acabaría nunca. Se negó a ver a sus amigos y se sentó en un rincón con la vista fija en el baúl mundo, en fúnebre contemplación. Sus anteriores indiscreciones se volvían ahora en su contra, pues se dio cuenta de que el observatorio había sido abierto otra vez y de que era continuamente observado desde la habitación de la señora Zéphyrine. Llegó a serle tan desagradable que al final se vio obligado a taponar él mismo el agujero por su lado; y, cuando estuvo seguro de no ser observado, pasó buena parte del tiempo llorando contritamente y rezando.

A última hora de la tarde, el doctor Noel entró en la habitación llevando en la mano un par de sobres cerrados sin dirección, uno de los cuales era bastante grueso, mientras que el otro parecía vacío.

—Silas —empezó, sentándose en la mesa—, ha llegado el momento de que le explique el plan que he forjado para salvarle. Mañana por la mañana, a primera hora, el príncipe Florizel de Bohemia regresa a Londres, tras pasar unos días de diversión en el carnaval de París. Tuve la fortuna, hace bastante tiempo, de prestar al coronel Geraldine, su caballerizo mayor, uno de esos servicios, bastante frecuentes en mi profesión, que nunca se olvidan por ambas partes. No debo explicarle la naturaleza de su compromiso para conmigo; baste decir que sé que está dispuesto a servirme en lo que le sea posible. Ahora bien, es preciso que llegue usted a Londres sin que le abran el baúl. Puede que las aduanas sean un obstáculo fatal, pero he pensado que, por razones de cortesía, el equipaje de una persona como el príncipe pasará sin ser examinado por los oficiales de aduanas. He recurrido al coronel Geraldine y he obtenido una respuesta afirmativa. Si va usted mañana, antes de las seis, al hotel donde se aloja el príncipe, el baúl será recogido como parte de su equipaje y usted mismo hará el viaje como miembro de su séquito.

—Mientras hablaba, he recordado que ya he visto al príncipe y al coronel Geraldine. Incluso escuché, de pasada, parte de su conversación la otra noche, en el baile del Bullier.

—Es muy probable, porque al príncipe le agrada departir con todas las clases sociales —asintió el doctor—. Una vez llegue usted a Londres —prosiguió—, habrá finalizado prácticamente su tarea. En este sobre grueso le entrego una carta a la que no me atrevo a poner dirección; pero en la otra encontrará usted las señas de la casa adonde debe llevar la carta junto con el baúl, que se quedará allí y no volverá a molestarlo.

—¡Ay! —exclamó Silas—. Me gustaría creerle, pero ¿cómo va a ser posible? Me abre usted una halagüeña perspectiva, pero ¿cree que puedo aceptar una solución tan improbable? Sea más generoso, y permítame entender mejor lo que se propone.

El médico pareció dolorosamente impresionado.

—Joven —contestó—, no sabe usted cuán difícil es lo que me pide. Pero sea. Ya estoy habituado a la humillación y no puedo negarle esto después de lo que ya he hecho por usted. Sepa, pues, que aunque ahora ofrezco a una apariencia tan reposada, austera, solitaria, de hombre sólo adicto al estudio, cuando era más joven mi nombre era el grito de guerra de las almas más astutas y peligrosas de Londres; y, aunque en público era objeto de respeto y consideración, mi verdadero poder residía en las relaciones más secretas, terribles y criminales. A una de esas personas que entonces me obedecían es a quien ahora me dirijo para liberarle a usted de su carga. Eran hombres de diferentes naciones y poseedores de las más distintas habilidades, unidos todos por un temible juramento, que trabajaban para el mismo propósito. La finalidad de la asociación era el asesinato; y yo, el que ahora le habla, tan inocente en apariencia, era el jefe de tan despreciable banda.

—¿Cómo? —gritó Silas—. ¿Un asesino? ¿Alguien que comerciaba con el asesinato? ¿Voy a estrecharle la mano? ¿Cómo debo aceptar su ayuda? Viejo siniestro y asesino, ¿va usted a hacerme su cómplice, aprovechándose de mi juventud y mi desgracia?

El doctor rio con amargura.

—Es usted difícil de complacer, señor Scuddamore —dijo—, pero ahora le ofrezco elegir entre la compañía de un asesino o la de un asesinado. Si su conciencia es demasiado exquisita para aceptar mi ayuda, dígalo e inmediatamente le dejaré. De ahora en adelante, puede usted encargarse de su baúl y de lo que contiene como mejor convenga a su intachable conciencia.

—Confieso que me he equivocado —se disculpó Silas—. Debería haber recordado con cuánta generosidad se ofreció usted a protegerme, incluso antes de que yo le convenciera de mi inocencia; seguiré atendiendo sus consejos con gratitud.

—Eso está bien —repuso el doctor—, y me parece advertir que está usted empezando a aprender algunas de las lecciones de la experiencia.

—Al mismo tiempo —continuó el joven americano—, puesto que se confiesa usted mismo acostumbrado a estos trágicos asuntos, y las personas a las que me recomienda son sus antiguos amigos y asociados, ¿no podría encargarse usted mismo del transporte del baúl y librarme de una cuestión tan odiosa?

—Le doy mi palabra —le dijo el doctor— de que le admiro cordialmente. Si no cree usted que ya me he metido bastante en sus intereses, crea que yo opino, de todo corazón, lo contrario. Acepte o rechace mis servicios como se los ofrezco y no me incomode con palabras de gratitud, pues valoro su consideración menos que su inteligencia. Llegará el día, si tiene usted la suerte de vivir muchos años con buena salud, en que recordará todo esto de manera distinta y se sonrojará por su comportamiento de esta noche.

Con estas palabras, el doctor se levantó de la silla, repitió sus instrucciones clara y sucintamente, y salió de la habitación sin dejar tiempo a Silas de responderle.

A la mañana siguiente, Silas se presentó en el hotel, donde fue recibido muy educadamente por el coronel Geraldine y liberado, desde aquel momento, de cualquier preocupación por el baúl y su tétrico contenido.

El viaje transcurrió sin incidentes significativos, aunque el joven se estremeció más de una vez al escuchar a los marineros y mozos de estación del peso inusual del equipaje del príncipe. Silas viajó en el coche con la servidumbre, pues el príncipe decidió viajar solo con su caballerizo mayor.

Una vez a bordo del vapor, sin embargo, Silas atrajo la atención del príncipe por la actitud de melancolía con que miraba el montón de las maletas, pues seguía sintiéndose presa de inquietudes por el futuro.

—Hay un joven —observó el príncipe—, que parece tener motivos de preocupación.

—Es el americano para quien pedí permiso a Su Alteza para viajar con su séquito.

—Me recuerda usted que no he sido bastante cortés con él —dijo el príncipe y, dirigiéndose a Silas, le habló con exquisita condescendencia—: Me ha encantado, joven señor, poder satisfacer el deseo que me hizo llegar a través del coronel Geraldine. Recuerde, por favor, que en cualquier momento me sentiré contento de prestarle un favor más importante.

A continuación, pasó a hacerle algunas preguntas sobre cuestiones políticas de América, que Silas respondió con sensatez y conocimiento.

—Es usted un hombre joven todavía —dijo el príncipe—, pero observo que es demasiado serio para su edad. Quizá dedica su atención a estudios muy duros. Pero, quizá, estoy siendo indiscreto y estoy tocando un tema doloroso.

—En verdad, tengo motivos para sentirme el más desgraciado de los hombres —respondió Silas—. Nunca se ha abusado con tanta injusticia de una persona más inocente.

—No le pediré que se confíe a mí —replicó el príncipe Florizel—, pero no olvide que la recomendación del coronel Geraldine es un salvoconducto infalible; y que no sólo estoy dispuesto, sino posiblemente soy más capaz que muchos otros, para prestarle un servicio.

Silas quedó encantado con la amabilidad del gran personaje, pero su mente volvió pronto a entregarse a sus tristes meditaciones, pues ni el favor de un príncipe con un republicano puede descargar al espíritu abatido de sus ansiedades.

El tren llegó a Charing Cross, donde, como siempre, los funcionarios del Tesoro respetaron el equipaje del príncipe. Los coches más elegantes estaban aguardando y Silas fue conducido, con el resto del séquito, a la residencia del príncipe. Allí, el coronel Geraldine fue a saludarlo y le expresó su satisfacción por haber podido ser de utilidad a un amigo del médico, por quien sentía una extrema consideración.

—Espero —añadió— que no encuentre usted dañada ninguna de sus porcelanas. Se dieron órdenes especiales para tratar con el mayor cuidado las maletas del príncipe.

Después ordenó a los criados que pusieran uno de los coches a la disposición del joven y que cargaran de inmediato el baúl. El coronel le estrechó la mano y se excusó de despedirse, pues debía cumplir sus obligaciones en la casa del príncipe.

Silas entonces rompió el sello del sobre que contenía las señas y ordenó al criado que lo condujeran a Box Court, una calle que salía del Strand. Pareció que el lugar no le era del todo desconocido al hombre, pues le miró con sorpresa y pidió que le repitieran la dirección. Silas subió al lujoso automóvil con el corazón sobresaltado y así siguió mientras le conducían a su destino. La entrada de Box Court era demasiado estrecha para el paso de un coche, pues se trataba de un sencillo sendero flanqueado por dos enrejados, en cada uno de cuyos extremos había un poyo. Un hombre estaba sentado en uno de ellos. Al ver el coche, se levantó y fue a saludar cordialmente al cochero, mientras el sirviente abría la portezuela para que bajara Silas y le preguntaba si debían descargar el baúl y a qué número de la calle transportarlo.

—Por favor, al número tres —contestó Silas.

Ayudó al criado a bajar el baúl y, a pesar de todo, hubieron de colaborar también el cochero y el hombre sentado en el poyo con grandes esfuerzos. Silas advirtió con horror, mientras se dirigía a la puerta de una casa, que un grupo de personas se habían acercado a curiosear alrededor. Intentó mantener la compostura antes de tirar de la campanilla, y cuando le abrieron entregó el segundo sobre al sirviente que acudió a abrirle la puerta.

—El señor se encuentra fuera —informó el criado—, pero si me deja usted la carta y vuelve mañana por la mañana, le informaré de cuándo le recibe. ¿Desea usted, quizá, dejar el baúl?

—¡Naturalmente! —exclamó Silas, arrepintiéndose al momento de su precipitación; dijo, entonces, que prefería llevarse consigo el baúl a un hotel.

Sus dudas provocaron la burla de la gente que se había arremolinado y que le siguió al coche haciendo algunos comentarios despectivos. Silas, tembloroso y asustado, pidió a los criados que le condujesen a algún hotel tranquilo que estuviese cercano.

Los hombres del príncipe dejaron a Silas en el Craven Hotel, en Craven Street, y marcharon inmediatamente, dejándole solo con el personal del hotel. La única habitación vacante era una muy pequeña, situada en el cuarto piso y en la parte trasera. Entre infinitas quejas y dificultades, un par de fornidos porteros transportaron el pesado baúl mundo. No es preciso mencionar que Silas les siguió pegado a sus talones durante la subida, y que a cada vuelta se le salía el corazón del pecho. Un paso en falso, reflexionaba, y el cajón podía caer sobre sus porteadores y lanzar su fatídico contenido, todo al descubierto, sobre el pavimento del vestíbulo.

Cuando se encontró en su habitación, se sentó en el borde de la cama para recuperarse de la agonía que había sufrido. Pero apenas se había sentado cuando la sensación de peligro le alertó otra vez al ver al limpiabotas del hotel, que se había arrodillado junto al baúl y procedía a abrir oficiosamente sus complicados cerrojos.

—¡Déjelo! —exclamó Silas—. No necesitaré nada de dentro mientras esté aquí.

—Entonces, podía haberlo dejado en el vestíbulo —casi gruñó el hombre
—. Pesa tanto y es tan grande como una iglesia. No puedo imaginarme qué
lleva usted dentro. Si es dinero, es usted un hombre mucho más rico que yo.

—¿Dinero? —repitió Silas, repentinamente perturbado—. ¿Qué quiere
decir con dinero? No tengo dinero, no diga usted tonterías.

—A la orden, capitán —replicó el limpiabotas guiñando un ojo—. Nadie
tocará el dinero de su señoría. Yo soy tan seguro como el banco —añadió—,
pero como el cajón es pesado, no me importaría tomarme algo a la salud de su
señoría.

Silas le tendió dos napoleones disculpándose de pagarle en moneda
extranjera, y excusándose de ello por su reciente llegada. El hombre, gruñendo
con más fervor y mirando malhumoradamente el dinero que tenía en la mano y
el baúl del mundo, y luego el baúl del mundo y otra vez el dinero de la mano,
consintió finalmente en retirarse.

El cadáver había pasado casi dos días ya en el interior del baúl de Silas y
en cuanto el infortunado joven americano se quedó solo, se acercó y empezó a
oler todas las rendijas y aberturas con gran atención. Pero hacía un tiempo frío
y el baúl mundo todavía mantenía bien su pavoroso secreto.

Silas se sentó en una silla junto al baúl, con la cara entre las manos, y la
mente sumida en las más profundas reflexiones. Si alguien no le prestaba
ayuda, no había duda de que sería rápidamente descubierto. Solo, en una
ciudad extraña, sin amigos ni cómplices, si la carta de presentación del doctor
Noel no surtía efecto, sería definitivamente un joven americano perdido.
Meditó patéticamente sobre sus ambiciosos proyectos de futuro; ya no se
convertiría en el héroe y el portavoz de su ciudad de nacimiento, Bangor,
Maine; no podría, como había soñado, ascender de cargo en cargo y de honor
en honor; también podía olvidar las esperanzas de algún tiempo de ser elegido
presidente de los Estados Unidos y dejar tras de sí una estatua, en el peor estilo
artístico posible, que adornara el Capitolio de Washington. Estaba allí,
encadenado a un inglés muerto, doblado dentro de un baúl mundo; ¡de quien
debía librarse o tendría que renunciar a las crónicas de la gloria nacional!

No osaría reproducir en esta crónica el lenguaje con que el joven se refirió
al doctor, al hombre asesinado, a la señora Zéphyrine, al limpiabotas del hotel,
a los criados del príncipe; en una palabra, a todos los que habían tenido la más
remota conexión con aquella horrible circunstancia.

Bajó a cenar hacia las siete de la noche, pero el comedor amarillo le
desanimó, los ojos de los otros comensales parecían posarse sobre él con
sospecha y su cabeza permanecía arriba, con el baúl mundo. Cuando el
camarero se le acercó para ofrecerle queso, tenía los nervios tan a flor de piel

que dio un respingo, estuvo a punto de caer de la silla y derramó el medio litro de cerveza que le quedaba sobre el mantel de la mesa.

Cuando acabó la cena, el camarero le ofreció mostrarle el salón de fumar; y aunque hubiera preferido volver otra vez junto a su peligroso tesoro, no tuvo ánimos para negarse y fue conducido a un sótano negro, iluminado con lámparas de gas, que formaba, y posiblemente sigue formando, el salón de fumar del hotel Craven.

Dos hombres muy serios jugaban al billar, observados por un apuntador triste y consumido. Por un momento, Silas imaginó que aquéllos eran los únicos ocupantes del salón, pero al volver la cabeza sus ojos se posaron sobre una persona que fumaba, en el rincón opuesto, con los ojos mirando el suelo y un aspecto respetable y modesto. En el acto supo que había visto antes aquella cara y, a pesar de que había cambiado por completo de ropa, reconoció al hombre que estaba sentado en un poyo a la entrada de Box Court y que le había ayudado a subir y bajar el baúl del coche. Silas, sencillamente, dio media vuelta y echó a correr, y no se detuvo hasta que hubo cerrado con llave y atrancado la puerta de su habitación.

Allí pasó una noche interminable, presa de las más terribles fantasías, contemplando la caja fatal que guardaba el cuerpo muerto. La sugerencia del limpiabotas de que su baúl estaba lleno de oro le inspiraba todo tipo de nuevos temores, apenas osaba entornar los ojos; y la presencia del hombre de Box Court en el salón de fumar, y bajo un descarado disfraz, le convencía de que otra vez era el centro de oscuras maquinaciones.

Hacía un rato que había sonado la medianoche, cuando, impelido por sus sospechas, Silas abrió la puerta de su habitación y escudriñó el pasillo. Estaba escasamente alumbrado por una sola lámpara de gas y, a cierta distancia, vio a un hombre vestido con el uniforme del hotel durmiendo en el suelo. Silas se acercó al hombre de puntillas. Estaba tumbado medio de lado, medio de espaldas y el brazo derecho le cubría la cara impidiendo reconocerlo. De pronto, cuando el americano todavía estaba inclinado sobre él, el durmiente apartó el brazo y abrió los ojos, y Silas se encontró de nuevo cara a cara con el hombre de Box Court.

—Buenas noches, señor —saludó el hombre, gentilmente.

Pero Silas estaba demasiado emocionado para encontrar una respuesta, y volvió a su cuarto sin decir palabra.

Hacia la madrugada, agotado por sus aprensiones, cayó dormido en la silla, con la cabeza apoyada en el baúl. A pesar de aquella posición tan forzada y de aquella almohada tan siniestra, tuvo un sueño largo y profundo, y sólo le despertó, ya tarde, una aguda llamada a la puerta. Se apresuró a abrir y se encontró con el limpiabotas.

—¿Es usted el caballero que acudió ayer a Box Court? —preguntó.

Silas, con un estremecimiento, admitió que era él.

—Entonces, esta nota es para usted —añadió el criado tendiéndole un sobre cerrado.

Silas lo rasgó y encontró dentro escritas las siguientes palabras: «A las doce».

Fue puntual a la hora. El baúl lo entraron delante de él varios fornidos sirvientes. Le condujeron a un salón donde un hombre estaba sentado, calentándose frente al fuego, de espaldas a la puerta. El ruido de tantas personas entrando y saliendo, y el retumbar del baúl cuando lo depositaron sobre las maderas del suelo era suficiente para llamar la atención del ocupante del salón, y Silas permaneció de pie, aguardando, en una agonía de terror, a que se dignara a reparar en su presencia.

Quizá transcurrieron cinco minutos antes de que el hombre se volviera y revelara los rasgos del príncipe Florizel de Bohemia.

—De manera, señor —dijo, con gran severidad—, que éste es el modo en que abusa usted de mi amabilidad. Se une a personas de elevada condición con el único propósito de evitar las consecuencias de sus crímenes; comprendo muy bien que se sintiera avergonzado cuando ayer hablé con usted.

—La verdad, señor —dijo Silas—, es que soy inocente de todo, excepto de mi mala suerte.

Y con voz atropellada narró al príncipe, en todos sus pormenores, la historia de sus calamidades.

—Veo que estaba equivocado —dijo Su Alteza cuando Silas concluyó su relato—. Es usted una víctima y, puesto que no debo castigarlo, he de ayudarle. Ahora —prosiguió—, vamos al asunto. Abra su baúl en seguida y déjeme ver qué contiene.

Silas cambió de color.

—Temo mirarlo —dijo.

—Bueno —dijo el príncipe—, ¿no lo ha visto usted ya? Eso es una forma de sentimentalismo que hay que resistir. La visión de un hombre enfermo, a quien todavía podemos socorrer, debería afectar más nuestros sentimientos que la de un hombre muerto, que está más allá de toda ayuda, daño, amor u odio. Serénese, señor Scuddamore —y, viendo que Silas titubeaba añadió—: No quiero dar otro nombre a mi petición.

El joven americano se reanimó como si despertara de un sueño y, con un estremecimiento de repugnancia, se dispuso a desatar las correas y abrir los cerrojos del baúl mundo. El príncipe permanecía a su lado, observando impasible, con las manos a la espalda. El cadáver estaba helado y Silas tuvo que hacer un gran esfuerzo, tanto físico como espiritual, para cambiarlo de postura y descubrir el rostro.

El príncipe Florizel retrocedió un paso y dejó escapar una exclamación de dolor y asombro.

—¡Ay! —exclamó—. Ignora usted, señor Scuddamore, qué regalo tan cruel me ha traído. Éste es un joven de mi propio séquito, el hermano de mi amigo de mayor confianza, y por servirme en unos asuntos ha perdido la vida a manos de un hombre violento y traidor. ¡Pobre, pobre Geraldine! —siguió hablando, como si fuera para sí mismo—. ¿Con qué palabras le explicaré a usted la suerte que ha corrido su hermano? ¿Cómo puedo excusarme a sus ojos, o a los ojos de Dios, por los planes tan soberbios que le llevaron a esta muerte sangrienta e inhumana? ¡Ah, Florizel, Florizel! ¿Cuándo aprenderás la discreción que requiere esta vida mortal, y dejarás de obnubilarte con la imagen del poder de que dispones? ¡Poder! —dijo a gritos—. ¿Quién tiene menos poder? Miro a este muchacho, a quien he sacrificado, señor Scuddamore, y siento qué poca cosa es ser príncipe.

Silas se sintió inmensamente emocionado. Intentó murmurar algunas palabras de consuelo, y estalló en lágrimas. El príncipe, agradecido por su intención, se acercó a él y le cogió la mano.

—Domínese —dijo—. Los dos tenemos mucho que aprender y ambos seremos hombres mejores desde nuestro encuentro de hoy.

Silas le dio las gracias en silencio con una mirada de afecto.

—Escríbame las señas del doctor Noel en este papel —dijo el príncipe llevándolo a la mesa—, y permítame recomendarle que cuando retorne a París evite la compañía de este peligroso hombre. En este caso ha actuado generosamente; debo creerlo así, pues si hubiera estado involucrado en el asesinato del joven Geraldine, no hubiera remitido el cadáver al propio asesino.

—¡El propio asesino! —repitió Silas, atónito.

—En efecto. Esta carta, que la Alta Providencia ha depositado de manera extraña en mis manos, estaba dirigida, ni más ni menos, que al mismo criminal, el infame presidente del Club de los Suicidas. No intente saber más de estos asuntos tan tenebrosos, sino que conténtese con su milagrosa huida y abandone esta casa al instante. Tengo cuestiones urgentes, y debo disponerlo todo en seguida respecto a este pobre muchacho, que fue un joven tan valiente y tan apuesto.

Silas se despidió con obediencia y agradecimiento del príncipe Florizel, pero se quedó cerca de Box Court hasta que lo vio salir, en un espléndido coche, a visitar al coronel Henderson, de la policía. Aunque republicano como era, el joven americano se quitó el sombrero ante el coche que pasaba, casi con devoción. Esa misma noche tomó el tren de regreso a París.

Aquí (observa mi autor árabe) finaliza la HISTORIA DEL MÉDICO Y EL BAÚL MUNDO. Después de omitir algunas referencias al poder de la Providencia, muy adecuadas en el original, pero poco indicadas para nuestro gusto occidental, debo añadir solamente que el señor Scuddamore ya ha empezado a ascender los peldaños de la fama en su carrera política, y, según los últimos informes, es ahora sheriff de su ciudad natal.

3. La aventura de los coches de punto

El teniente Brackenbury Rich había destacado en una de las varias guerras que su país había desarrollado en las montañas de la India. En una estas batallas, capturó con sus propias manos al jefe enemigo; se convirtió en un héroe reconocido por todos y, a su regreso a Inglaterra, herido por un grave sablazo y enfermo por una fiebre tropical, la sociedad entera se disponía a recibirle como a una celebridad. No obstante, el teniente era de natural sinceramente modesto; el amor a la aventura corría por sus venas y desdeñaba los halagos y la adulación. Por ese motivo pasó unas temporadas en algunos balnearios extranjeros y en Argel, aguardando a que la fama de sus triunfos se desvaneciera en su breve florecimiento y se olvidara. Llegó por fin a Londres, a comienzos de la temporada, y tan inadvertido como podía desear. Sólo tenía unos parientes lejanos que vivían en provincias y habían muerto, por lo que se instaló casi como un extranjero en la capital del país por el que había luchado y vertido su sangre.

El día siguiente a su llegada cenó en un club militar. Estrechó la mano de unos cuantos viejos camaradas, y recibió sus vehementes felicitaciones; pero estaban comprometidos aquella noche y el teniente pronto se vio solo y enfrentado a utilizar sus propios recursos. Se había vestido de etiqueta con la intención de ir a un teatro. Pero no conocía la gran ciudad. Había pasado de una escuela de provincias a la academia militar y luego directamente al Oriente, para servir al imperio; en consecuencia, imaginaba que le esperaban grandes placeres en aquel mundo por explorar y se echó a andar hacia el oeste enarbolando el bastón. Había oscurecido, y el ambiente era cálido aunque la lluvia amenazaba. Su imaginación se alteró al ver la procesión de rostros que pasaban bajo la luz de los faroles; le pareció que en la atmósfera excitante de aquella ciudad podía permanecer caminando eternamente, rodeado por el misterio de cuatro millones de vidas propias. Miraba las casas al pasar, maravillándose de lo que se vivía tras las ventanas tan bien iluminadas; ponía los ojos en las caras de la gente que cruzaba, y cada una le parecía mantener una expresión diferente, de interés desconocido, ya fuera vil o generoso.

«Siempre se habla de la guerra —pensó—, pero éste es el gran campo de batalla de la humanidad».

Más tarde, se admiró de que, habiendo recorrido tan grandes y diferentes escenarios, no se le hubiera presentado ni una posibilidad de aventura.

«Todo llegará —pensó—. Todavía soy un extranjero y debo de tener un aire extraño, pero la vorágine acabará por envolverme».

Había avanzado la noche cuando, súbitamente, se produjo un chaparrón helado que le sorprendió en la oscuridad. Se protegió debajo de unos árboles y entonces avistó un coche de punto. El cochero, sentado en el pescante, le indicó con un ademán que estaba libre. Era una buena ocasión para escapar a la lluvia y Brackenbury levantó el bastón para llamarlo y, un momento después, se acomodó en el asiento de un simón londinense.

—¿Adónde desea ir, señor? —preguntó el cochero.

—Adonde usted quiera —respondió Blackenbury.

De inmediato, el coche se introdujo con extraordinaria celeridad por entre la lluvia, y un laberinto de casas, todas prácticamente iguales, adornadas con un jardín delantero; a la luz de los faroles, recorrían innumerables calles y plazas, tan similares que Blackenbury se sintió desconcertado y perdió en seguida todo sentido de la orientación. Empezaba a pensar que el cochero le tomaba el pelo dándole vueltas y vueltas alrededor del mismo sitio, pero lo cierto era que avanzaban con velocidad tan delicada que se convenció de que no era así. El cochero seguía una dirección concreta, corriendo hacia un objetivo definido; y al teniente le maravilló la pericia con que localizaba el camino adecuado en el inmenso laberinto de calles. Paralelamente, sintió cierta preocupación por cuál podría ser la razón de tanta prisa. Había oído historias de extranjeros a quienes asaltaban y atacaban en Londres. ¿Acaso el cochero pertenecía a alguna banda malvada y traidora? Él mismo, ¿estaría volando en ese momento hacia el lugar donde iba a ser asesinado?

No bien había pensado esto cuando el coche dobló una esquina y se paró ante el jardín de una casa situada en una amplia calle. La casa estaba brillantemente iluminada. Otro coche de punto partía en ese momento y Brackenbury observó que un caballero entraba por la puerta principal y le recibían unos criados con librea. Le sorprendió que el cochero se hubiese detenido delante de una casa donde se estaba celebrando una fiesta. Una casualidad, sin duda, pensó, y siguió fumando su cigarrillo sin alterarse hasta que oyó abrirse la portezuela del coche sobre su cabeza.

—Ya hemos llegado, señor —dijo el cochero.

—¿Ya hemos llegado? —repitió Brackenbury—. ¿Dónde?

—Usted me dijo que lo condujese donde yo deseara, señor —respondió el cochero con una risa—, y aquí le he traído.

La voz era muy segura y cortés para un vulgar cochero, o eso, al menos, le pareció a Brackenbury. Le vino a la cabeza la velocidad con que habían venido, y sólo entonces reparó en que el coche era de mucho más lujo de los que se utilizaban para el servicio público.

—Haga el favor de explicarse —dijo el militar—. ¿Es que pretende que salga a mojarme a la lluvia? Me parece, amigo, que soy yo quien decide aquí.

—Por supuesto —contestó el cochero—. Cuando se lo haya contado todo, sé lo que decidirá un caballero como usted. En esta casa se celebra una reunión de señores. No sé si el dueño es un extranjero en Londres o es un hombre de ideas raras. Pero a mí me pagan para que traiga a la casa a caballeros solos, vestidos de etiqueta. Todos los que quiera; si puede ser, mejor oficiales del ejército. Lo único que ha de hacer es presentarse y decir que viene invitado por el señor Morris.

—¿Usted es el señor Morris? —preguntó Brackenbury.

—No, señor —respondió el cochero—. El señor Morris es el dueño de la casa.

—No es una manera muy habitual de reunir invitados —dijo Brackenbury—, aunque un excéntrico puede permitirse algunos caprichos si no ofende a nadie. Pero imagine que yo no acepto la invitación del señor Morris. ¿Qué ocurre entonces?

—Mis instrucciones son llevarlo de vuelta al sitio donde lo recogí —explicó el cochero—, y seguir buscando caballeros hasta la medianoche. «A las personas a quienes no interese una aventura», dijo el señor Morris, «ya no las quiero como huéspedes».

El teniente se decidió en el acto al escuchar aquellas palabras.

«Al fin y al cabo —reflexionó mientras bajaba del coche—, tengo delante la aventura que esperaba».

En cuanto bajó del coche y se metió la mano en el bolsillo, el coche dio media vuelta y desapareció por donde había venido como alma que lleva el diablo. Brackenbury llamó al cochero, pero éste no le hizo caso y siguió su camino. Alguien debió oírlo en la casa, no obstante, pues la puerta volvió a abrirse, arrojando un haz de luz sobre el jardín, y un sirviente vino corriendo a su encuentro, con un paraguas abierto en la mano.

—El coche está pagado —le dijo con voz muy cortés y subió los escalones hasta la puerta de entrada, acompañando a Brackenbury.

Al entrar, varios sirvientes más se hicieron cargo de su sombrero, su bastón y un abrigo, le dieron a cambio una contraseña con un número y lo invitaron a subir por una escalera, adornada de plantas tropicales, que daba al primer piso. Allí, un grave mayordomo le preguntó su nombre y, anunciando: «El teniente Brackenbury Rich», lo hizo pasar al salón de la casa.

Un hombre joven, esbelto y bien parecido se acercó a saludarlo, con ademán a un tiempo cortés y afectuoso. El salón estaba iluminado por cientos de velas de la más fina cera y perfumado, como la escalera, por muchos arbustos raros y preciosos. A un lado se veía una mesa llena de viandas más tentadoras. Varios sirvientes iban y venían con bandejas de frutas y copas de champán. Había unos quince invitados, todos hombres, casi todos en la flor de la edad y de aspecto noble y desenvuelto. Se habían dividido en dos grupos, uno en torno a una ruleta, otro en una mesa en la que uno de ellos hacía de banca en una partida de bacará.

«Entiendo —pensó Brackenbury—; esto es una casa de juego privada y los clientes vienen traídos por el cochero».

No le había pasado por alto ningún detalle y se había formado ya una conclusión, mientras el dueño de la casa le estrechaba la mano, y volvió hacia él la vista de nuevo. El señor Morris le sorprendió más que la primera vez que le había visto. Tenía una distinción natural en el porte, una corrección, una cortesía y una valentía en sus rasgos que en absoluto eran los de alguien que el teniente imaginaba como el patrón de un garito y, por los matices de su conversación, le pareció un hombre de virtudes y de categoría. Brackenbury sintió por él una simpatía instintiva y, aún pensando que era debilidad, no se resistía a la atracción amistosa de la persona y la calidad del señor Morris.

—Me han llegado muchas de sus hazañas, teniente Rich —afirmó el señor Morris en voz baja—, y la verdad es que estoy contento de conocerle. Su fama, que le precede desde la India, se ve confirmada con su apariencia. Consideraré no un honor, sino un verdadero placer para mí que olvide usted el extraño modo en que ha conocido mi casa. Un hombre que ha vencido en buena lid a tantos enemigos bárbaros —añadió, riéndose—, no se asustará ante una falta de protocolo, aunque sea importante.

Entonces le condujo a una mesa para que se sirviera algo de comer.

«Éste es uno de los hombres más simpáticos que he visto en mi vida —

pensaba el teniente—, y esta reunión, sin la menor duda, es una de las más agradables de Londres».

Probó el champán, que encontró excelente y, viendo que muchos de los presentes fumaban, encendió uno de sus cigarros filipinos y se acercó a la ruleta, donde hizo unas cuantas apuestas y, sobre todo, asistió sonriendo a la buena suerte de otros. En ésas estaba cuando cayó en la cuenta de que los huéspedes eran sometidos a un examen detenido. El señor Morris iba de un lado a otro cumpliendo, al parecer, con los deberes de la hospitalidad, pero no había una sola persona en la reunión que escapase a sus miradas penetrantes; observaba el comportamiento de quienes habían perdido mucho dinero, tomaba nota del monto de las apuestas, se detenía junto a las parejas absortas en la conversación: en una palabra, no había detalle en el que no reparase. Todo se parecía tanto a una inquisición privada que Brackenbury empezó a preguntarse si en realidad no se hallaba en un garito. Siguió los movimientos del señor Morris y, aunque el hombre guardaba siempre la sonrisa en los labios, le pareció advertir, como tras de una máscara, un espíritu tenso, ansioso, preocupado. En torno suyo proseguían las risas y el juego, pero Brackenbury perdió interés en los demás invitados. «El señor Morris no está ocioso en la habitación —pensó—. Le anima algún profundo propósito y el mío va a ser averiguarlo».

De tanto en tanto, el señor Morris llamaba aparte a alguno de los visitantes y, tras un breve intercambio de palabras en la antesala, reaparecía solo y el visitante en cuestión no volvía a aparecer. Cuando el suceso se repitió varias veces, excitó la curiosidad de Brackenbury, quien decidió estar al corriente del más pequeño misterio en seguida. Se deslizó a la antesala, donde encontró un gran ventanal cubierto por unos cortinajes verdes y precipitadamente se ocultó tras ellos. No tuvo que esperar mucho hasta escuchar el sonido de unos pasos y unas voces que se aproximaban a él desde la sala contigua. Escrutando entre las cortinas, vio al señor Morris escoltando a un personaje rudo y rubicundo, con aspecto de agente de viajes, que había llamado la atención ya a Brackenbury por su risa ordinaria y por la vulgaridad de sus modales en la mesa. Los dos hombres se detuvieron delante de la ventana, por lo que Brackenbury no se perdió ni una palabra del siguiente parlamento:

—Le pido mil perdones —empezó el señor Morris, con las maneras más conciliadoras—, si le parezco rudo, pero estoy seguro de que me perdonará. En un lugar tan grande como Londres continuamente suceden accidentes y nuestra esperanza es remediarlos con la menor tardanza posible. Me temo que usted se ha equivocado y ha honrado mi pobre casa inadvertidamente. Planteemos el caso sin rodeos (entre caballeros honorables una palabra es suficiente), ¿bajo qué techo cree usted que se encuentra?

—Bajo el del señor Morris —respondió el otro, con muestras de una gran confusión, que había ido en aumento conforme oía las últimas palabras.

—¿El señor John o el señor James Morris? —inquirió el anfitrión.

—En verdad, no puedo decírselo —contestó el infortunado invitado—. No conozco en persona al caballero, como tampoco lo conozco a usted.

—Ya entiendo —dijo el señor Morris—. Un poco más abajo de la calle vive otra persona con el mismo nombre, y no tengo duda de que algún policía podrá indicarle el número. Crea que me felicito del malentendido que me ha procurado el placer de su compañía durante tanto rato, y permítame expresarle la esperanza de que volvamos a encontrarnos otra vez de manera más normal. Entre tanto, por nada del mundo le retendría más tiempo de estar con sus amigos. John —añadió, levantando la voz—, ¿quiere usted ayudar a este caballero a encontrar su abrigo?

Y con el ademán más gentil, el señor Morris escoltó a su visitante hasta la puerta de la antesala, donde le dejó en compañía de un mayordomo. Cuando pasó al lado de la ventana, al volver para el salón, Brackenbury le oyó lanzar un profundo suspiro, como si fuera preso de una gran ansiedad y tuviera los nervios agotados por la tarea a la que se dedicaba.

Durante casi una hora, los coches de alquiler continuaron llegando, con tal frecuencia que el señor Morris tenía que recibir a un invitado por cada uno al que despedía, y la reunión mantenía el número de sus asistentes invariable. Pero más entrada la noche las llegadas fueron espaciándose hasta que cesaron por completo, mientras el proceso de eliminación de invitados proseguía con imparable actividad. El salón empezó a parecer vacío; la partida de bacará se interrumpió por falta de banca y más de una persona se despidió voluntariamente y partió sin protesta alguna por parte del anfitrión. En el ínterin, el señor Morris redoblaba sus atenciones a los que quedaban dentro. Iba de grupo en grupo y de persona en persona repartiendo miradas de la más sincera simpatía y la más adecuada y agradable conversación; parecía más una anfitriona que un anfitrión, y en sus maneras había un punto de coquetería femenina y condescendencia que seducía todos los corazones.

Cuando los huéspedes habían descendido ya bastante, el teniente Rich se deslizó un momento al vestíbulo a tomar un poco de aire fresco. Pero en cuanto atravesó el umbral de la antecámara, se llevó un brusco sobresalto al descubrir algo en verdad sorprendente. Los arbustos de flores habían desaparecido de las escaleras; tres grandes camiones de mudanzas estaban aparcados delante de la entrada del jardín; los sirvientes estaban recogiendo las cosas y desmantelando la casa por todas partes y algunos se habían puesto ya sus abrigos y se preparaban para marchar.

Parecía el final de un baile de pueblo donde todo se había contratado.

Brackenbury tenía, en verdad, materia para pensar. En primer lugar, los invitados, que al final no eran verdaderos invitados, habían sido despedidos; y, ahora, los criados, que a lo mejor tampoco eran verdaderos criados, iban marchándose. «¿Era toda la casa una farsa? —se preguntó—. ¿Como los hongos de una sola noche, que desaparecen antes de que amanezca?».

Después, aprovechando una oportunidad, Brackenbury subió a los pisos superiores de la casa. Era lo que había supuesto. Recorrió habitación tras habitación y no vio en ninguna un solo mueble ni mucho menos un cuadro en las paredes. Aunque la casa había sido pintada y empapelada, no sólo no la habitaba nadie ahora, sino que estaba claro que nunca había sido habitada. El oficial recordó con asombro el ambiente tan hospitalario, lujoso y acogedor que había visto a su llegada. Sólo con un prodigioso coste se podía montar una impostura a tan gran escala.

¿Quién era, entonces, el señor Morris? ¿Qué intenciones le animaban para representar, por una sola noche, el papel de anfitrión en un apartado barrio del oeste de Londres? ¿Y por qué recogía a sus invitados al azar de las calles?

Brackenbury recordó que se estaba demorando y se apresuró a reunirse con el grupo. Algunas personas más se habían ido ya durante su ausencia y, contando al teniente y su anfitrión, no había más de cinco personas en el salón, hasta hacía poco tan concurrido. El señor Morris le saludó sonriendo al verlo regresar al salón y se puso de inmediato en pie.

—Ya es hora, caballeros —dijo a los presentes—, de que les explique mis propósitos al privarles de sus distracciones de costumbre. Confío en que no hayan encontrado la velada muy aburrida, pero mi objetivo no era entretener su ocio sino conseguir ayuda en un momento de apuro. Todos ustedes son caballeros —continuó—, su apariencia les hace justicia y no pido más garantía. Por eso, hablando sin rodeos, les pido que me presten un servicio delicado y peligroso; peligroso porque pueden ustedes arriesgar sus vidas y delicado porque debo solicitarles una absoluta discreción sobre todo lo que ustedes vean u oigan. La petición, por parte de un completo desconocido, es casi cómicamente extravagante. Soy perfectamente consciente de ello y por ello añado en seguida: si alguno de los presentes cree que ya ha escuchado demasiado, si entre los reunidos hay alguien a quien no interesan las confidencias peligrosas ni los actos quijotescos hacia una persona desconocida, aquí está mi mano dispuesta, y le deseo un buen descanso con toda la sinceridad del mundo.

Un hombre alto, moreno, un poco cargado de espaldas, respondió de inmediato a estas palabras:

—Le agradezco su franqueza, señor —dijo— y, por mi parte, me voy. No me hago ninguna pregunta, pero le confieso que me inspira usted sospechas.

Como digo, me voy, y tal vez piense usted que no tengo derecho a añadir palabras a mi ejemplo.

—Por el contrario —replicó el señor Morris—. Le agradezco lo que quiera decirnos. Sería imposible exagerar la gravedad de mi propuesta.

—Ustedes, caballeros, ¿qué opinan? —dijo el hombre dirigiéndose a los demás—. Hemos pasado una noche agradable, ¿saldremos juntos para regresar a casa en completa tranquilidad? Mi sugerencia les parecerá acertada mañana por la mañana cuando vean salir el sol con inocencia y seguridad.

El conferenciante pronunció las últimas palabras con una entonación que les daba más fuerza y su rostro mostró una expresión singular, de gravedad y energía. Algunos del grupo se levantaron apresuradamente y, con cierto aire de susto, se prepararon para partir. Sólo dos se quedaron en su sitio, Brackenbury y un viejo mayor de caballería, que tenía la nariz muy roja. Los dos mantuvieron una actitud de aparente indiferencia respecto a lo que acababan de escuchar, como si fuera algo ajeno a ellos e intercambiaron una mirada de inteligencia.

El señor Morris acompañó a los desertores hasta la puerta, que cerró detrás de ellos. Después se volvió con un gesto de alivio y resolución, y se dirigió a los dos oficiales.

—He elegido a mis hombres, como Josué en la Biblia —dijo—. Y estoy seguro de que he recogido lo mejor de Londres. Su aspecto agradó a mis cocheros y me encantó a mí. He observado su comportamiento en compañía de extraños y en las circunstancias más inusuales: he estudiado cómo jugaban y cómo soportaban sus pérdidas; finalmente, les he hecho una prueba con un anuncio desconcertante, y ustedes lo han recibido como una invitación para comer. ¡No en vano —exclamó— he sido durante años el pupilo y el compañero del poderoso más valiente y sabio de Europa!

—En la batalla de Bunderchang pedí doce voluntarios —explicó el mayor— y todos los hombres de mis filas respondieron a mi llamada. Pero un salón de juego no es lo mismo que un regimiento en batalla. Creo que puede usted felicitarse de haber encontrado a dos, y a dos que no le dejaran en la estacada. En cuanto a los dos que han salido corriendo, los considero entre los más pobres diablos que me he encontrado nunca. Teniente Rich —añadió, dirigiéndose a Brackenbury—, últimamente he oído hablar mucho de usted y no tengo duda de que usted también habrá oído hablar de mí, soy el mayor O'Rooke.

El veterano militar tendió la mano, roja y temblorosa, al joven teniente.

—¿Quién no, en efecto? —dijo Brackenbury.

—Cuando acabe este asuntillo que nos ocupa —dijo el señor Morris—, pensarán que no he podido proporcionarles mayor favor que el de haberles facilitado el conocerse.

—Y, ahora —preguntó el mayor O'Rooke—, ¿se trata de un duelo?

—Un duelo en cierta forma —respondió el señor Morris—. Un duelo con enemigos desconocidos y peligrosos y, mucho me temo, que un duelo a muerte. Debo pedirles —continuó— que no me llamen más señor Morris, sino Hammersmith. Debo pedirles, también, que no traten de descubrir por su cuenta mi verdadero nombre ni el de la persona a quien pronto voy a presentarles. Hace tres días, la persona de quien les hablo desapareció repentinamente de su domicilio y, hasta esta mañana, no he tenido conocimiento de su situación. Se imaginarán mi alarma cuando les diga que está envuelta en un asunto de justicia particular. Sujeta a un juramento desafortunado, que aceptó con demasiada ligereza, cree imprescindible librar al mundo de un villano sanguinario e infame, sin la ayuda de la ley. Ya dos amigos nuestros, uno de ellos mi propio hermano, han fallecido en el intento. Mi amigo mismo, si por desgracia no estoy equivocado, ha caído en los mismos lazos fatales. Pero por lo menos está vivo y conserva la esperanza, como parece probar esta nota:

Mayor Hammersmith: El miércoles a las tres de la madrugada un hombre de mi absoluta confianza le hará pasar por los jardines de Rochester House, en Regent's Park. Le pido que no me falle ni en un segundo. Le ruego que traiga mi juego de espadas y, si los encuentra, a dos caballeros prudentes y discretos que no me conozcan. Mi nombre no debe aparecer en este asunto. T. GODALL.

—Sólo por su sabiduría y su buen criterio, si no tuviera otros títulos —dijo el coronel Geraldine, cuando los otros hubieron satisfecho su curiosidad—, habría que cumplir las instrucciones de mi amigo. No preciso decirles, por otra parte, que no he pasado nunca por los alrededores de Rochester House y que, como ustedes, no tengo idea del trance en que se halla mi amigo. Tan pronto recibí sus órdenes, me dirigí personalmente a una casa de alquiler de muebles y, en pocas horas, esta casa donde nos encontramos asumió todo este aire de fiesta. Cuando menos, mi plan era original y no me arrepiento nada pues me ha procurado los servicios del mayor O'Rooke y el teniente Brackenbury Rich. Pero los criados que están en la puerta van a tener un curioso despertar cuando por la mañana encuentren la casa, llena la noche anterior de luces e invitados, deshabitada y en alquiler. Hasta lo más grave tiene su parte cómica —acabó el coronel.

—Y pensemos que un final feliz —dijo Brackenbury.

El coronel consultó su reloj.

—Son ya casi las dos de la madrugada —dijo—. Disponemos de una hora por delante y tenemos un buen coche a la puerta. Díganme, finalmente, si puedo contar con su ayuda.

—En toda mi vida he faltado a mi palabra —replicó el mayor O'Rooke— y ni siquiera he cubierto una apuesta con otra.

Brackenbury manifestó su disponibilidad en los términos más adecuados y, tras beber un vaso o dos de vino, el coronel les dio a cada uno un revólver cargado, los tres subieron al coche y se encaminaron a la dirección indicada.

Rochester House era una magnífica residencia situada al borde del canal. La gran extensión de sus jardines la aislaba de manera inusual de las molestias del vecindario. Semejaba el parc aux cerfs de un gran aristócrata o millonario. Hasta donde era posible ver desde la calle, no había el menor resplandor de luz en ninguna de las numerosas ventanas de la mansión. Y el lugar tenía un aspecto de abandono, como si hiciera tiempo que faltara el dueño de la casa.

Despidieron el coche y los tres hombres no tardaron en descubrir la pequeña puerta de acceso, que estaba en un callejón, entre dos tapias del jardín. Todavía faltaban diez o quince minutos para la hora señalada. Llovía a cántaros y los tres aventureros se refugiaron debajo de una hiedra frondosa, mientras hablaban en voz baja de la aventura que les aguardaba.

De súbito, Geraldine levantó el dedo en ademán de silencio y los tres escucharon con atención. A través del sonido continuado de la lluvia, se oyeron los pasos y voces de dos hombres al otro lado de la tapia. A medida que se aproximaban, Brackenbury, que tenía un oído muy fino, distinguió algunas partes de su conversación.

—¿Está cavada la tumba? —preguntó uno de los dos.

—Sí —contestó el otro—, detrás de los laureles. Al terminar, colocaremos encima un par de estacas.

El primero rio y sus risas sonaron siniestras a los que escuchaban al otro lado.

—Dentro de una hora —dijo.

Por el sonido de los pasos, dedujeron que se habían separado y se encaminaban en direcciones opuestas.

Casi inmediatamente, la puerta se abrió con gran sigilo, un rostro muy blanco se asomó al callejón y una mano indicó a los caballeros que avanzaran. Los tres pasaron la puerta en un silencio mortal, y ésta se cerró inmediatamente detrás de ellos. Siguieron a su guía por unos senderos del jardín hasta la puerta de la cocina de la casa. Una sola vela ardía en una gran cocina enlosada, desprovista de cualquier mueble. Cuando el grupo empezó a subir por una escalera de caracol, el ruido del correr de unas ratas certificó de la manera más clara el estado de abandono de la casa.

Su guía los precedía llevando una vela. Era un viejo delgado y muy encorvado, pero todavía ágil de movimientos. De tanto en tanto se volvía y les indicaba con un gesto que guardaran cautela y silencio. El coronel Geraldine le pisaba los talones, con la caja de espadas bajo el brazo y una pistola en la otra mano. A Brackenbury le latía el corazón con violencia. Comprendía que no habían llegado tarde y que, por el apresuramiento que demostraba el viejo, se acercaba el momento de la acción. Y las circunstancias de la aventura eran tan oscuras y amenazadoras, el lugar tan bien elegido para aquellos siniestros sucesos, que hasta a un hombre mayor como Brackenbury, que cerraba la marcha en la subida de la escalera de caracol, se le hubiera perdonado la inquietud.

Al final de la escalera, el guía abrió una puerta e hizo pasar a los tres hombres al interior de una pequeña habitación iluminada por una lámpara humeante y por el resplandor de una modesta chimenea. Al lado de la chimenea se sentaba un hombre en los mejores años de la madurez, de físico un poco grueso, pero de apariencia distinguida e imponente. Tenía una expresión de serenidad imperturbable, y fumaba un puro con deleite y placer. Sobre la mesa, junto a su codo, había una copa llena de alguna bebida efervescente, que despedía un agradable olor por toda la habitación.

—Bienvenido —saludó, tendiendo la mano al coronel Geraldine—. Estaba seguro de que podía contar con su puntualidad.

—Con mi fidelidad —repuso el coronel, haciendo una inclinación.

—Presénteme a sus amigos —pidió el hombre y, cuando lo hubieron hecho, añadió con la más exquisita cortesía—: Desearía, caballeros, poder ofrecerles un plan más divertido. No es precisamente cordial iniciar una relación con asuntos tan graves, pero la fuerza de los hechos es más poderosa que las obligaciones de la cortesía. Espero y creo que podrán ustedes perdonarme esta desagradable noche; y para hombres de su talante bastará saber que están realizando un gran favor en una importante empresa.

—Su Alteza —dijo el mayor—, perdone mi brusquedad, pero no puedo ocultar lo que sé. Desde hace bastante rato sospecho del señor Hammersmith, pero con el señor Godall ya no hay ninguna duda. Buscar en Londres a dos hombres que no conocieran al príncipe Florizel de Bohemia era pedir demasiado a la suerte.

—¡El príncipe Florizel! —exclamó Brackenbury, atónito.

Y miró con toda atención los rasgos del famoso personaje que tenía ante él.

—No lamentaré perder mi incógnito —señaló el príncipe—, porque me permite darles las gracias con más autoridad. Habrían hecho ustedes lo mismo por el señor Godall, estoy seguro de ello, que por el príncipe de Bohemia, pero éste quizá pueda hacer más por ustedes. Quien sale ganando soy yo —acabó con un ademán cortés.

A continuación, conversó con los dos oficiales sobre el ejército indio y las tropas del país, tema sobre el cual, como sobre muchos otros, poseía una gran información y una acertada opinión.

Había algo tan llamativo en la actitud de aquel hombre en un momento de tan mortal peligro que Brackenbury sintió la mayor admiración respetuosa. Tampoco dejaba de impresionarle el encanto de su conversación y la sorprendente afabilidad de sus modales. Todos los gestos, las entonaciones de la voz, no sólo eran nobles en sí mismos, sino que parecían ennoblecer al afortunado mortal a quien se dirigían. Y Brackenbury se dijo con entusiasmo que por aquel soberano cualquier hombre valiente daría con gusto la vida.

Habían transcurrido ya algunos minutos cuando el hombre que les había introducido en la casa, que había permanecido sentado hasta entonces en un rincón, se puso en pie y murmuró unas palabras al oído del príncipe.

—De acuerdo, doctor Noel —repuso Florizel en voz baja; después se dirigió a los otros—. Discúlpenme, señores, si debo dejarlos a oscuras. Se acerca el momento.

El doctor Noel apagó la lámpara. Una débil luz grisácea, anunciadora del amanecer, llegaba hasta la ventana sin iluminar la habitación. Cuando el príncipe se levantó, no se distinguían sus facciones ni podía advertirse la naturaleza de la emoción que obviamente le afectaba cuando habló. Se acercó a la puerta en una actitud de atención concentrada.

—Tengan la amabilidad —dijo— de mantener el más absoluto silencio y de ocultarse en la parte más oscura.

Los tres militares y el médico se apresuraron a obedecer y, durante casi diez minutos, sólo se oyó en Rochester House el ruido de las correrías de las ratas por los techos. Al cabo de ese tiempo, una puerta se abrió con un crujido y el ruido resonó con nitidez sorprendente en el silencio. En seguida oyeron que alguien subía las escaleras de la cocina con pasos lentos y cautelosos. En cada peldaño, el intruso parecía detenerse y escuchar, y en esas pausas, que les resultaban extraordinariamente largas, una profunda inquietud embargó el ánimo de quienes escuchaban. Incluso el doctor Noel quien estaba acostumbrado a las emociones del peligro, sufría un abatimiento físico que casi inspiraba compasión. Jadeaba débilmente, los dientes le rechinaban y las articulaciones de los huesos crujían cada vez que cambiaba, nerviosamente, de postura.

Por último, una mano se posó sobre la puerta y descorrió el cerrojo con débil ruido. Se produjo otra pausa, en la que Brackenbury vio al príncipe encogerse en silencio, como preparándose para un gran esfuerzo físico. Entonces la puerta se abrió, dejando entrar un poco más de la luz del amanecer y en el umbral apareció, inmóvil, la figura de un hombre. Era alto y llevaba un cuchillo en la mano. Tenía la boca abierta, como un mastín a punto de atacar, y los dientes le brillaban, incluso en medio de la tiniebla. Era evidente que acababa de salir del agua, apenas dos o tres minutos antes, pues se oía el ruido de las gotas cayendo de sus ropas al suelo.

A continuación, traspasó el umbral. Alguien saltó, se oyó un grito ahogado y el ruido de un forcejeo, y, antes de que el coronel Geraldine pudiera correr en su ayuda, el príncipe sujetaba ya al hombre por los hombros, desarmado e impotente.

—Doctor Noel —dijo el príncipe—, tenga la amabilidad de encender la lámpara.

El príncipe entregó a su prisionero a Geraldine y a Brackenbury, cruzó la habitación y se situó delante de la chimenea. En cuanto la lámpara alumbró, todos vieron una inusitada severidad en las facciones del príncipe. Había dejado de ser Florizel, el despreocupado y gentil caballero, para convertirse en el príncipe de Bohemia, lleno de una justa indignación e impulsado por un propósito mortal. Alzó la cabeza y se dirigió al presidente del Club de los Suicidas.

—Presidente —empezó—, ha tendido usted su última trampa y usted mismo ha sido su presa. Empieza el día y ésta es su última mañana. Ha nadado usted por el Regent's Canal, es su último baño en este mundo. Su antiguo cómplice, el doctor Noel, lejos de traicionarme, le ha puesto en mis manos para que se haga justicia. Y la tumba que cavó usted para mí esta tarde va a servir, con la ayuda de la Divina Providencia, para ocultar su justo destino de la curiosidad de los hombres. Arrodíllese y rece, señor, si cree usted en algo, pues le queda poco tiempo y Dios está hastiado de sus infamias.

El presidente no hizo el menor ademán ni pronunció palabra. Tenía la cabeza baja y miraba hoscamente el suelo, como recibiendo sobre sí la mirada austera y justiciera del príncipe.

—Caballeros —prosiguió el príncipe, con su tono de voz habitual—, éste es el hombre que durante mucho tiempo se me ha escapado, pero a quien ahora, gracias al doctor Noel, tengo en mi poder. Contar la historia de sus miserias y sus crímenes nos llevaría más tiempo del que tenemos, pero si por el canal corriera sólo la sangre de sus víctimas, este miserable estaría igual de empapado que como le ven. Pero hasta en un asunto de esta índole deseo conservar las formas del honor. Les nombro a ustedes jueces, caballeros, pues esto es más una ejecución que un duelo; y conceder a este canalla el derecho a elegir las armas sería llevar la educación demasiado lejos. No puedo permitirme el lujo de perder mi vida en un asunto así —continuó, abriendo la caja de las espadas—, la bala de una pistola acierta a veces por las alas del azar, y la pericia y el coraje pueden fallar ante el hombre más cobarde. He decidido, y estoy seguro de que aprobará mi determinación, resolver esta cuestión por la espada.

Cuando Brackenbury y el mayor O'Rooke, a quienes se dirigían estas palabras manifestaron su conformidad, el príncipe volvió a dirigirse al presidente:

—Rápido, señor, elija una hoja y no me haga esperar. Estoy impaciente por acabar con usted para siempre.

Por primera vez desde que había sido capturado y desarmado, el presidente levantó la cabeza y se vio claramente que recobraba el ánimo.

—¿Un duelo? —preguntó—. ¿Entre usted y yo?

—Pienso hacerle ese honor —replicó el príncipe.

—¡Oh, vamos! —dijo el presidente—. En un buen terreno, ¿quién sabe qué puede pasar? Debo decidir que me parece muy generoso por parte de Su Alteza y que, si me ocurre lo peor, habré muerto a manos del mejor caballero de Europa.

Liberado por los que le retenían, el presidente dio unos pasos hacia la mesa y empezó, con atención, a elegir la espada. Estaba muy contento, como si no albergara duda de salir victorioso del combate. Los asistentes se alarmaron ante aquella seguridad tan grande e instaron al príncipe Florizel a reconsiderar su propósito.

—Es sólo comedia —les respondió—, y creo poder prometerles, caballeros, que no será de larga duración.

—Su Alteza haría bien en no confiarse —aconsejó el coronel Geraldine.

—Geraldine —replicó el príncipe—, ¿sabe usted de alguna vez en que haya fallado en cuestiones de honor? Yo le debo a usted la muerte y la tendrá.

El presidente se declaró finalmente satisfecho con una de las espadas y manifestó que estaba dispuesto con un gesto no desprovisto de cierta dignidad. La cercanía del peligro y el sentimiento del valor conferían hombría y hasta algún donaire al criminal.

El príncipe tomó una de las espadas al azar.

—Coronel Geraldine y doctor Noel —dijo—, tengan la bondad de aguardarme en esta habitación. No deseo que ningún amigo mío participe en esta cuestión. Mayor O'Rooke, usted es un hombre de edad y de probada reputación, permítame recomendar al presidente a sus buenos oficios; teniente Rich, sea usted tan amable de encargarse de mí: un joven siempre tiene algo que aprender de estas cosas.

—Su Alteza —replicó Brackenbury—, es un honor que le agradeceré siempre.

—Muy bien —dijo el príncipe Florizel—, espero demostrarles mi amistad en circunstancias más importantes.

Y salió el primero de la habitación, seguido de los demás, y bajaron las escaleras.

Los dos hombres que quedaron solos abrieron la ventana e intentaron, con todos sus sentidos, captar algún indicio de los trágicos acontecimientos que iban a producirse fuera. La lluvia había cesado, era casi de día y los pájaros piaban en los arbustos y en los frondosos árboles del jardín. Vieron un momento al príncipe y sus dos acompañantes cuando caminaban por un sendero entre dos macizos de flores, pero en el primer recodo el follaje los ocultó otra vez. Fue todo lo que pudieron ver el coronel Geraldine y el médico, y como el jardín era tan grande y el lugar elegido para el duelo muy alejado de la casa, ni el ruido del entrechocar de las espadas les llegaba.

—Lo ha llevado a la tumba —dijo el doctor Noel estremeciéndose.

—¡Que Dios proteja al justo! —exclamó el coronel.

Y aguardaron los acontecimientos en silencio, el doctor temblando de miedo y el coronel bañado en sudor. Debía de haber pasado mucho rato, pues el día era más claro y los pájaros cantaban con más fuerza en el jardín, cuando el ruido de unos pasos que volvían les hizo clavar la vista en la puerta. Entró el príncipe seguido de los dos militares. Dios había protegido al justo.

—Me avergüenzo de mi emoción —dijo el príncipe—. Siento que es una debilidad impropia de mi posición, pero la existencia en el mundo de ese perro infernal había empezado a dañarme como una enfermedad y su muerte me ha descansado más que una noche de reposo. Mire, Geraldine —añadió, tirando la espada al suelo—, aquí está la sangre del hombre que mató a su hermano. Es una visión que le agradará. Y, sin embargo —siguió diciendo—, ¡qué extraños somos los hombres! No han pasado cinco minutos de mi venganza y empiezo a preguntarme si la venganza puede alcanzarse en esta vida precaria. ¿Quién podrá remediar el mal que hizo? En su carrera amasó una enorme fortuna, esta misma casa era suya, y ahora esa carrera forma parte del destino de la humanidad. Podría estar repartiendo estocadas hasta el día del Juicio

Final y el hermano de Geraldine no dejaría de estar muerto y otros mil inocentes corrompidos y deshonrados. ¡La existencia del hombre es tan poca cosa cuando se le da fin, y una cosa tan grande cuando se usa para algo! ¡Ay! —se lamentó—. ¿Hay algo peor en la vida que obtener lo que se quiere?

—Se ha cumplido la justicia divina —comentó el coronel—. Eso es lo que veo yo. Para mí, Alteza, la lección ha sido cruel y aguardo mi turno con temor.

—¿Qué estaba diciendo yo? —exclamó el príncipe—. He infligido un castigo y a nuestro lado está el hombre que me ha ayudado a hacerlo. ¡Ah, doctor Noel! Usted y yo tenemos por delante mucho tiempo de trabajo honorable y arduo; y quizá, antes de que hayamos terminado, pueda usted haber pagado sus anteriores errores.

—Entretanto —dijo el doctor—, permítame ir a dar sepultura a mi más viejo amigo.

Y éste (observa el sabio árabe) es el afortunado fin de la historia. El príncipe, huelga mencionarlo, no olvidó a ninguno de los que le habían ayudado en tan gran empresa y hasta el día cuentan con el apoyo y la influencia del príncipe, que les dispensa con la gracia de su amistad en sus vidas privadas. Reunir todos los extraños hechos en que el príncipe desempeñó el papel de la Providencia (sigue diciendo el autor) representaría llenar de libros el mundo entero.